미국의 송어낚시

TROUT FISHING IN AMERICA
by Richard Brautigan

미국의 송어낚시

1판 1쇄 발행 2006년 11월 15일 **개정판 3쇄 발행** 2019년 9월 10일

지은이 리처드 브라우티건 **옮긴이** 김성곤 **본문 그림** 정정엽
펴낸이 고세규
편집 이승희 **디자인** 이경희

발행처 김영사
주소 경기도 파주시 문발로 197(문발동)
등록 1979년 5월 17일(제406-2003-036호)
구입 문의 전화 031)955-3100 **팩스** 031)955-3111
편집부 전화 02)3668-3295 **팩스** 02)745-4827 **전자우편** literature@ gimmyoung.com
비채 카페 cafe.naver.com/vichebooks **인스타그램** @drviche **카카오톡** @비채책
트위터 @vichebook **페이스북** facebook.com/vichebook

ISBN 978-89-92036-24-5 03840 책값은 뒤표지에 있습니다.

비채는 김영사의 문학 브랜드입니다.

미국의 송어낚시

TROUT FISHING IN AMERICA

I

리처드 브라우티건

김성곤 옮김

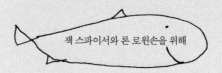

잭 스파이서와 론 로윈손을 위해

잃어버린 미국의 송어를 찾아서

이 책에 대해서 뭐라 말하는 것은 아마 사족일 것이다. 편안하게 소파에 앉아 아무데나 펼쳐서 차근차근 읽으시라. 그곳에는 난해한 개념이나 독자를 가르치려는 작가의 욕망 같은 것은 찾아볼 수 없다. 수록된 대부분의 글이 몇 문단에 불과하지만 문장들은 무지개송어처럼 꿈틀대면서 손에 잡혔다가 곧 미끄러져 나간다.

우리가 성인이 되면서 잃어버린 모든 것들이 그곳에 그대로 남아 있다. 이 책에 나오는 인물들은 《어린 왕자》의 사막여우같이 한두 가지의 교훈을 전하려 하거나 《루바이야트》의 늙은 현자처럼 당신을 달콤한 허무로 초대하지도 않는다. 그가 현대문명의 위기를 그렸다거나 환경생태문학의 선구자라거나 하는 이야기도 그냥 거창하게만 들린다. 그는 몇 가지 자신이 알고 있는 이야기를 나지막이 들려줄 뿐이다.

그의 글에서 엄마가 일하러 나갈 때 침대에 묶여 있던 유년기의 추억이나 아버지의 부재라는 프로이트적 외상의 흔적을 찾기는 어려울 것이다. 그는 그런 아픔에 대해서 뭐라 늘어놓지 않는다. 대신 작가는 마을 밖 멀리 하얗게 보이는 개천에 낚싯대를 들고 찾아갔더니 나무들에 둘러싸인 집으로 올라가는 하얀 나무계단이었다거나, 포도맛 쿨 에이드 가루 한 봉지를 물에 녹여 아주 묽게 4갤런의 쿨 에이드 음료를 만들던 어린 시절의 가난한 친구에 대해 이야기한다. 혹은 워스위크 노천온천에서 여자친구와 물속에서 정사를 나눈 후 수면 위에 거품같이 떠오른 그의 정액으로 미끄러져 들어오던 죽은 물고기와 미국의 송어낚시 호텔 208호에 사는 이름이 208인 고양이에 대해 이야기한다.

원서 앞표지에는 멋진 흑백사진이 있다. (한국어판에는 10페이지에 실려 있다) 샌프란시스코 워싱턴 광장에 있는 벤자민 프랭클린의 입상 앞에 청바지를 입은 작가가 서 있고 한 여인이 앉아 있다. 책의 첫 글이 이 사진에 대한 얘기인데, 마지막 세 문장은 이렇다. "벤자민 프랭클린의《자서전》을 읽고 미국에 대해 배운 사람이 카프카였던가. 카프카는 말했지. '나는 건전하고 낙천적이어서 미국인들이 좋다.'" 브라우티건이 전하는 카프카의 말은 왠지 슬프게 들린다.

샌프란시스코의 길거리에서 자신이 쓴 시를 행인들에게 나누어주던 작가의 활동기는 비트세대와 히피세대에 걸쳐 있다. 그러나 그는 비트문학이나 히피문학의 중심에서 약간 비켜 서 있다. 전세계적으로 400만 부 이상이 팔린 이 소설의 성공 이후 작가는 서서히 잊혀갔다. 비평가들은 브라우티건의 나이브한 글보다는 나보코프의 미로와 필립 로스의 수다를 더 좋아했다. 몇 권의 책을 써서 이 대단한 작가들을 비판하거나 찬미하거나 혹은 경멸하는 것도 가능하지만 브라우티건의 글에 대해서는 사실 별로 할 말이 없는 것이다.

그는 1984년 49세의 나이로 자살했다. 얼굴이 날아간 그의 시신은 몇 주가 지나서야 발견되었다. 그의 몸 옆에는 술병과 44구경 총이 놓여 있었다. 집의 벽과 문, 천장에는 수백 개의 총알구멍이 나 있었다. 그때 미국의 대통령은 레이건이었다. 카프카의 말처럼 미국인은 너무 건강하고 낙천적이었다. 남들이 다 좋다는 시절에 그는 미국이 잃어버린 송어를 낚으러 일찍 떠났다.

이 책의 번역본은 1987년 한 문예지의 부록으로 처음 나왔다. 서울대 김성곤 교수의 번역은 다시 읽어도 여전히 훌륭하다. 오랫동안 절판되어 애서가들을 애태웠던 이 책이 지난 2006년 재출간된 것에 이어 이렇게 개정판이 나온다니 다행스럽다. 버트런드 러셀이 《행복의 정복》에서 말하기를, 책을 읽는 두 가지 이유는 읽는 게 즐겁거나 남에게 뽐내기 위해서라고 했다. 비록 러셀이 후자에 대해서는 불평했지만 못 들은 척하자. 이 책을 즐겁게 읽고 남에게 자랑해도 좋다.

양정언(공안과 전문의)

|

어린 시절의 꿈을 찾아가는 여정

　미국 반문화의 기수 리처드 브라우티건(Richard Brautigan, 1935~1984)은 미국 서부 워싱턴 주 타코마에서 태어났다. 그리고 오리건 주 유진에서 홀어머니 슬하에서 성장했다. 가난했던 그는 차라리 교도소에 들어가 배불리 먹어보려는 생각에 경찰서 유리창에 돌을 던져 체포되기도 했지만, 경찰은 그를 오리건 정신병원으로 보내 전기충격 치료를 받게 했다.

　1957년 브라우티건은 당시 앨런 긴스버그를 비롯한 비트 작가들의 본거지였던 샌프란시스코로 이사했고, 그들과 함께 미국의 반문화 운동을 주도하며 시를 발표했다. 1960년대 초, 세 권의 시집을 출간한 그는 1967년에는 칼텍(California Institute of Technology)의 체류 시인(Poet-in-Residence)이 되었다. 브리우티건은 샌프란시스코에서

버지니아 애들러와 결혼했지만, 1960년에 딸 엘리자베스를 낳은 후 얼마 되지 않아 이혼했다.

1967년에 브라우티건은 《미국의 송어낚시》라는 특이한 형태의 소설을 출간해 전 세계 문단의 비상한 주목을 받았다. 대학생들은 이 소설을 마치 성서처럼 들고 다녔으며, 이 소설이 발산하는 강렬한 반체제 정신, 물질주의와 기계주의에 오염된 현대문명의 폐해 비판, 그리고 목가적 꿈을 잃어버린 현대인의 상실의식과 허무감에 매료되었다. 그러나 이 소설 출간이 순조로웠던 것은 아니었다. 그가 보낸 원고를 받아본 출판사들은 송어낚시에 대한 책으로 간주해 원고를 돌려보내기도 했다. 어려움 끝에, 브라우티건의 재능을 간파한 선배작가 커트 보네거트의 도움으로 이 작품은 드디어 빛을 보게 되었고, 출간되자마자 당대를 대표하는 베스트셀러가 되었다.

《미국의 송어낚시》는 잃어버린 어린 시절의 목가적 꿈을 찾아 아내와 어린 딸을 데리고 미국 서부를 여행하는 한 남자의 이야기다. 주인공의 탐색여행은 물질문명의 오염 속에서 유년시절의 녹색의 꿈을 상실한 채 살고 있는 모든 미국인들—그리고 더 나아가서는 현대인들 모두—의 탐색여행으로 확대된다. 그가 데리고 가는 아내와 어린 딸은 새로운 생명의 탄생에 대한 가능성(아내)과 미래(딸)를 상징한다. 브라우티건은 실제로 아내와 어린 딸을 데리고 서부를 여행했으며, 성장한 딸 엘리자베스 브라우티건은 2000년에 《죽음을 붙잡을 수는 없어》라는 제목으로 아버지에 대한 회고록을 출간했다.

작가 자신의 실제 여행을 근거로 써나간 이 소설에서 브라우티건은 아메리칸 드림과 서구문명을 통렬하게 비판한다. 샌프란시스코 워싱턴광장 공원에 있는 벤자민 프랭클린의 동상을 배경으로 작가와 식민지풍의 의상을 입은 여자가 포즈를 취하고 있는 《미국의 송어낚시》의 표지 역시 미국문명에 대한 작가의 신랄한 비판이다. 브라우티건은 근면, 성실, 정직, 절제 등의 덕목이 곧 아메리칸 드림의 근본이라고 주장했던 프랭클린식 사고방식에 정면으로 도전하면서 이 소설을 시작한다. 그래서 이 소설에는 수많은 홈리스들, 술주정뱅이로 전락한 좌절한 화가들, 제대로 못 먹어서 탈장에 걸린 어린아이, 쿨에이드 주스를 아끼느라 물을 타 희석시켜 마시는 아이, 그리고 불구가 되어 휠체어를 탄 베트남전 상이용사 등이 등장한다.

작가는 그러한 빈자들과 사회적 실패자들을 전혀 구원하지 못하는 교회, FBI를 미행시켜 불온사상을 감시하는 정부, 그리고 한때 송어가 뛰놀았던 하천을 환경오

염과 독극물 방류로 죽어가게 만든 기계문명의 폐해를 날카롭게 비판한다. 그런데도 작가가 보는 대중들은 순한 양떼처럼 목자를 가장한 독재자를 따를 뿐, 좀처럼 그에게 저항하지 못한다. 송어들이 죽어 떠다니고, 초록색 이끼들로 가득 찬 하천에서 사정하는 화자의 모습은 세상이 오염되어 새로운 생명을 탄생시킬 수 없는 미래에 대한 그의 절망을 잘 표출해주고 있다.

《미국의 송어낚시》가 미국의 진보주의와 생태주의에 끼친 영향은 엄청난 것으로 평가되고 있다. 작가는 죽었지만, 한 세대의 정신을 움직였던 이 소설의 제목은 현재 여러 곳에 살아남아 있다. 예컨대 달에 다녀온 미국의 우주인들은 자신들이 최초로 지구로 가져온 운석에 '미국의 송어낚시 쇼티'라는 이름을 붙여 워싱턴의 스미소니언 박물관에 보관하고 있으며, 한 포크록 그룹은 자신들의 그룹 이름을 '미국의 송어낚시'라고 붙였다. 1994년에는 미국 캘리포니아 샌타 바바라에 거주하는 피터 이스트만이라는 10대 소년이 자기 이름을 공식적으로 '미국의 송어낚시'로 바꾸었으며, 한 부부는 출생증명서에 자신들이 낳은 아이 이름을 '미국의 송어낚시'로 등록하기도 했다.

이 세상에서는 더 이상 송어가 뛰어노는 하천을 찾을

수 없었던 것일까. 브라우티건은 1984년 아무도 찾아오지 않는 외로운 곳에서 44구경 총을 쏘아 자살했다. 그의 행방을 찾기 위해 출판사에서 고용한 사립탐정에 의해 시신이 발견되었기 때문에, 그가 이 세상을 떠난 날짜는 아무도 모른다. 그러나 그의 기일이 별문제가 되지 않는 것은, 그가 《미국의 송어낚시》를 읽은 모든 사람들의 마음속에 영원히 살아남아 있기 때문이다.

《미국의 송어낚시》는 미니멀리즘 방식의 짧고 간결한 문체로 되어 있어 읽기 쉬우면서도, 그 속에 많은 메시지들과 역사적, 정치적 은유들을 담고 있어서 독자들을 즐겁게 해준다. 이 소설은 현대인이 잃어버린 목가적 꿈의 회복을 탐색한다는 점에서 영화 〈레인 맨〉이나 〈프리티 우먼〉, 또는 〈흐르는 강물처럼〉과도 상통하며, 그런 점에서 비단 미국 독자들뿐 아니라, 우리나라 독자들에게도 강렬한 호소력을 갖는다. 《미국의 송어낚시》는 한국인들에게도, 우리가 상실한 채 살고 있는 것이 과연 무엇인지를 다시 한 번 돌이켜보는 좋은 계기를 마련해줄 것이다.

작가의 이름은 영국식으로는 브로티건, 미국식으로는 브라티건 또는 브라우티건으로 발음된다. 그중 하나를 선택해야 하는 한글과는 달리, 영어에서는 위 세 발음이다 통용된다. 브라우티건 전문가인 뉴욕주립대 영문과의 닐 슈미츠 교수는 자기는 '브라우티건'이라고 발음한다고 말한다. 브라우티건이 자살하기 직전 역자와 셋이서 만났을 때도 우리는 작가를 그렇게 불렀다. 사실, 이름의 발음 같은 지엽적인 문제보다는, 그가 소설 속에 남기고 떠난 중요한 메시지들을 우리가 제대로 이해하는 것이 더 중요할 것이다.

옮긴이 김성곤

내 소설 속에서 송어는 사람으로, 장소로, 때로는 펜으로 변하는 등 일정한 모양이 없는 프로테우스 같은 존재다. 모든 것이 될 수도 있고 아무것도 아닌 무(無)일 수도 있다. 사실 그것은 정의할 수 없는 그 무엇, 이를테면 유년기의 꿈 같은 것은 아닐까. 그래서 우리는 끊임없이 그것을 추구하고 탐색해야 한다. _리처드 브라우티건

Trout Fishing in America

미국의 송어낚시

+

《미국의 송어낚시》의 표지*는 오후 늦게 찍은, 샌프란시스코의 워싱턴 광장에 있는 벤자민 프랭클린* 동상의 사진이다.

1706년에 태어나서 1790년에 죽은 벤자민 프랭클린은 마치 석조가구 집처럼 보이는 대좌에 서 있다.

그 동상의 대리석에는 이렇게 새겨져 있다.

곧 우리 자리를 차지하고

또 후세에게 물려줄

소년 소녀들에게

H.D. 각스웰이 헌정함.

그 동상 아래쪽에는 사방을 향해 네 단어가 새겨져 있
었는데, 동쪽에도 '환영한다', 서쪽에도 '환영한다', 남
쪽에도 '환영한다', 북쪽에도 '환영한다'라고 씌어 있었
다. 동상 뒤편에는 꼭대기를 빼고는 잎이 다 져버린 세
그루의 포플러 나무가 서 있었다. 동상은 그중 가운데
나무 앞에 서 있었다. 동상 주위의 잔디밭은 2월 초에 내
린 비에 젖어 있었다.

그 배경에는 어두컴컴한 방처럼 키 큰 삼나무가 서 있
었다. 1956년 애들라이 스티븐스*가 바로 여기서 4만 명
의 청중들 앞에서 연설했다.

길 건너편에는 십자가들과 첨탑들과 종(鐘)들, 그리고
마치 〈톰과 제리〉 만화에 나옴직한 거대한 문이 달린 커
다란 교회가 있었는데, 그 문에는 '우주를 위하여'라고
씌어 있었다.

《미국의 송어낚시》의 표지에 오후 다섯 시가 되면, 배
고픈 사람들이 광장에 모여든다.

가난한 사람들에게 교회에서 샌드위치를 나누어주는
시간이기 때문이다.*

하지만 그들은 교회에서 오라고 신호를 하기 전에는
길을 건너갈 수 없다. 이윽고 신호가 오면 그들은 길 건
너 교회로 달려가 신문지에 싼 샌드위치를 받는다. 그리

고 다시 공원으로 돌아가 포장을 열고 샌드위치에 무엇이 들어 있는지를 본다.

어느 날 오후, 내 친구가 샌드위치 포장을 열고 보니 거기에는 시금치 잎 하나만 달랑 들어 있었다. 그것뿐이었다.

벤자민 프랭클린의 《자서전》을 읽고 미국에 대해 배운 사람이 카프카*였던가.

카프카는 말했지.

"나는 건전하고 낙천적이어서 미국인들이 좋다."

나무 두드려보기 1

中

어렸을 적, 내가 미국의 송어낚시에 대해 들었던 때가 언제였을까? 그리고 누구에게서 들었던가? 아마 계부에게서였던 것 같다.

1942년 여름.

그 늙은 술주정뱅이 영감이 내게 송어낚시에 대해 말해주었다. 정신을 차리고 말을 할 수 있게 될 때면, 그는 마치 소중하고 지능 있는 금속이나 되는 것처럼 송어들을 묘사했다.

그가 송어들을 묘사할 때 내가 느낀 것은 '은빛'이라는 형용사였지만, 그걸로는 충분하지 않았다.

그걸 제대로 표현한다면 도대체 뭐가 될까?

아마도 송어 강철이었을 것이다. 송어로 만든 강철.

뜨거운 주물공장과도 같은 투명한 눈 덮인 강에 사는.

피츠버그*를 생각해보라.

수많은 빌딩과 기차와 터널을 만들었던, 송어로 만든 강철을.

앤드류 카네기* 송어를!

미국의 송어낚시의 대답은 다음과 같다.

'삼각형 구식모자*를 쓴 사람들이 새벽녘에 낚시질하고 있는 모습을 나는 흥미 있는 장면으로 기억하고 있습니다.'

나무 두드려보기 2*

中

저기엔 하천이 있을 거야, 하고 나는 생각했다. 아마 송어도 있겠지.

송어.

드디어 저곳으로 낚시를 가서 내 최초의 송어를 낚을 수 있겠지, 피츠버그를 볼 수 있겠지.

날이 어두워지고 있어서 당장은 올라가 하천을 찾아볼 시간이 없었다. 나는 쏟아지는 밤 폭포를 비치고 있는 집들의 유리 결정체들을 지나 집으로 돌아왔다.

다음날, 난 내 생애 최초의 송어낚시를 갈 참이었다. 아침 일찍 일어나 조반을 먹고 바로 떠나는 것이다. 송어낚시는 아침 일찍 떠나야 좋다고 들었다. 송어는 아침에 잡아야 좋다고 한다. 아침 송어에는 뭔가 더 있다고 했다. 나는 집에 돌아와 송어낚시를 준비하기 시작했다. 낚시도구가 없었기에 초라한 사제 낚시도구에 의존해야 했다.

"닭이 왜 길을 건넜게?" 하는 썰렁한 농담처럼.

나는 핀을 구부려 흰 줄에 묶었다.

그러고는 잠이 들었다.

다음날 아침, 나는 일찍 일어나 아침을 먹었다. 그리고 낚싯밥으로 흰 빵을 담았다. 빵의 부드러운 가운데를 떼어내 동그랗게 만든 뒤 내 우스꽝스러운 낚싯바늘에 찔러넣으려는 것이었다.

나는 집을 떠나 그 낯선 거리의 모퉁이로 갔다. 들판과 언덕에서 쏟아지는 폭포는 얼마나 아름다웠던지!

하지만 하천에 가까이 갔을 때, 난 무엇인가 잘못되었다는 것을 알았다. 하천은 제대로 흐르고 있지 않았고, 뭔가 이상했다. 하천의 움직임이 그랬다. 나는 가까이 다가가 무엇이 잘못되었는지를 보았다.

폭포는 나무들 사이에 있는 어떤 집으로 이어지는 하얀 나무 계단이었다.

믿을 수 없어서 나는 오랫동안 그 계단을 위아래로 바라보며 서 있었다.

그러다가 내 하천을 두드려보자 나무 소리가 났다.

결국 나는 나 자신이 송어가 되어, 가지고 온 빵을 다 먹어버렸다.

미국의 송어낚시의 대답:

내가 할 수 있는 일은 없었다. 난 계단을 하천으로 바꿀 수는 없었다. 소년은 자신이 떠나온 곳으로 다시 되돌아갔다. 똑같은 일이 한때 내게도 일어났다. 나는 버몬트 주에서 한 노파를 송어하천으로 착각하고 용서를 구했다.

"실례했습니다." 나는 말했다. "전 할머니가 송어하천인 줄 알았어요."

"난 아냐." 할머니가 말했다.

빨간 입술*

❧

  그로부터 17년 후, 나는 바위 위에 앉았다. 그곳은 나무 밑이었는데, 바로 그 옆에는 경찰서의 경고문이 마치 장례식 화환처럼 문에 붙어 있는 낡은 오두막이 한 채 있었다.

무단 침입 금지
하이쿠의 4/17*

  지난 17년 동안 많은 강들이 흘렀고 수만 마리의 송어들이 지나갔다. 그리고 이제 고속도로와 경찰서의 경고문 옆으로는 또 다른 강인 클라매스 강이 흐르고 있었으며, 나는 내가 머물고 있는 곳인 스틸헤드를 향해 하류로 35마일쯤 내려가려 하고 있었다.

이렇게 된 사연은 간단했다. 내가 낚싯대를 메고 있는데도, 아무도 차를 세우고 태워주지 않았다. 예전에는 사람들이 낚시꾼은 늘 태워주곤 했는데 말이다. 나는 세 시간 만에야 겨우 차를 얻어 탈 수 있었다.

태양은 누군가가 석유를 붓고 성냥으로 불을 붙인 다음, "신문 가져올 동안 좀 들고 있어." 하며 내 손에 놓고 가서는 돌아오지 않아 불타고 있는 거대한 50센트짜리 동전 같았다.

나는 수 마일을 걷고서야 나무 밑의 바위를 만나 앉게 된 것이다. 10여 분에 한 대씩 차가 나타날 때마다, 나는 일어서서 엄지손가락을 바나나처럼 내밀었다가 다시 바위 위에 주저앉기를 되풀이했다.

낡은 오두막의 양철지붕은 수년 동안 비바람에 시달려 빨갛게 녹슬었으며, 마치 단두대에 놓인 어설픈 모자같이 보였다. 지붕의 한쪽 끝은 덜렁거렸으며, 강 아래로 뜨거운 바람이 불 때마다 그 떨어진 지붕은 덜커덩거렸다.

차 한 대가 지나갔다. 노인 부부가 타고 있었다. 차는 하마터면 길을 벗어나 강으로 빠질 뻔했다. 그들은 아마도 히치하이커들을 만나보지 못한 것 같았다. 두 사람은 나를 바라보며 차를 돌렸다.

나는 그때 다른 할 일이 없었기 때문에, 물고기 그물로 파리를 잡고 있었다. 난 스스로 놀이를 만들어냈던 것이다. 그건 이런 식이었다.—내가 그것들을 쫓아다닐 수 없기 때문에, 그것들이 내게로 날아와야만 했다. 그것은 내 상상 속의 놀이였다. 난 여섯 마리를 잡았다.

그 오두막에서 조금 떨어진 곳에는 문이 활짝 열려 있는 옥외 변소가 있었다. 그 변소는 내부가 사람의 얼굴처럼 노출되어 있었으며, 이렇게 말하는 것처럼 보였다.—나를 이곳에 지은 노인네는 여기에다가 9,745번이나 변을 보았는데, 이제는 죽었으니, 다른 사람은 나를 건드리지 않기를 바란다. 그는 좋은 사람이었다. 그는 정성을 다해 나를 지었다. 나를 이대로 놔두기 바란다. 나는 그 죽은 착한 사람을 기리는 기념물이 되었다. 이상할 것도 없다. 그래서 문을 활짝 열어놓은 것이다. 만일 변을 보고 싶으면 사슴처럼 숲에 가서 하라.

"빌어먹을 놈." 내가 변소에게 말했다. "난 다만 강 하류로 가는 차를 얻어 타려는 것뿐이야."

쿨 에이드 중독자

❖

　내가 어렸을 때, 탈장으로 인해 쿨 에이드* 중독자가
된 친구가 하나 있었다. 그 아이는 가난한 독일계 대식
구 가족 중 한 명이었다. 여름 동안 그 집 식구들은 먹고
살기 위해 모두 일을 해야 했다. 밭에 나가 콩을 따는 일
로, 한 파운드 따는 데 2센트 50을 받았다. 탈장에 걸린
내 친구만 빼고는 모두 다 일을 했다. 그 애는 수술할 돈
도 없었고, 심지어는 탈장대를 살 돈도 없었다. 그래서
그는 집에 남아 쿨 에이드 중독자가 되었다.

　8월 어느 날 아침, 나는 그의 집에 갔다. 그 애는 아직
잠자리에 누워 있었다. 낡고 떨어진 담요 밑에서 그는
나를 올려다보았다. 그 친구는 이불을 덮고 자본 적이

없었다.

"너 약속한 5센트 갖고 왔니?" 그가 물었다.

"그래." 내가 말했다. "여기 내 호주머니 속에 들었어."

"좋아."

그 애는 침대에서 뛰어나왔는데, 벌써 옷을 입고 있었다. 자기는 잘 때 옷을 벗어본 적이 없다고 언젠가 말한 적이 있었다.

"왜 옷을 벗니? 어차피 일어나서 옷을 또 입을 거 아냐? 그래서 미리 준비하느라 옷을 입고 자는 거야. 자기 전에 옷을 벗는 것은 웃기는 짓이야."

"가자." 그가 말했다.

그 애는 덜 마른 기저귀들이 여기저기 널려 있는 어린 동생들 사이를 빠져나와 부엌으로 들어갔다. 그러고는 커로 시럽과 피넛 버터를 바른, 집에서 만든 빵 한 조각으로 아침식사를 만들었다.

우리는 샌드위치를 씹으면서 집을 떠났다. 그 상점은 노란색 풀로 덮여 있는 들판의 반대편에 있었다. 들에는 꿩들이 많이 있었는데, 여름이라 살이 쪄서 우리가 다가가도 거의 날지 못할 정도였다.

"왔니." 하고 상점 주인이 말했다. 그는 머리에 붉은 반점이 있는 대머리였다. 그 반점은 마치 머리에 차가 한 대 주차해 있는 것처럼 보였다. 그는 자동적으로 포도맛 쿨 에이드 한 봉지를 집어 계산대 위에 놓았다.

"5센트다."

"저 애가 낼 거에요." 내 친구가 말했다.

나는 주머니에서 5센트를 꺼내 주인에게 주었다. 그는 고개를 끄덕였는데, 그러자 그의 머리에 있는 붉은 차가 마치 간질병 발작이라도 하는 것처럼 꿈틀거렸다.

우리는 그곳을 떠났다.

들판을 가로질러 친구가 앞장섰다. 꿩 한 마리는 아예 날아가려 하지도 않았다. 그 꿩은 마치 깃털 달린 돼지처럼 우리 앞에서 밭을 가로질러 달려갔다.

집에 돌아와서 우리는 곧 의식을 거행했다. 그에게 쿨 에이드 드링크를 만드는 것은 로맨스였고 의식이었다. 그것은 정확한 방식으로 엄숙하게 진행되어야 했다.

우선 1갤런들이 유리단지를 가져온 다음, 우리는 흙탕물 웅덩이에 둘러싸여 있는 뒷마당으로 나가 수도꼭지가 마치 성자의 손가락처럼 땅에서 솟아나와 있는 곳으로 갔다.

거기서 그는 쿨 에이드 봉지를 열고 유리단지 속에 가루를 털어넣었다. 그러고는 그 단지를 수도꼭지 밑에 대

고 물을 틀었다. 물은 몇 번 쿨럭거리다가 드디어 쏟아
져나오기 시작했다.

그는 물이 넘쳐서 소중한 쿨 에이드가 엎질러지지 않
도록 조심했다. 단지에 물이 꽉 차는 순간, 그는 마치 유
명한 뇌수술 담당 외과의사가 상상력의 못쓰게 된 부분
을 절개하듯이 빠르고 섬세한 동작으로 물을 잠갔다. 그
런 다음, 뚜껑을 꽉 닫고 잘 흔들었다.

그렇게 해서 의식의 1부는 끝났다.

이색적인 종교의식의 흥분한 제사장처럼 그는 의식의
1부를 끝냈다.

그때, 그의 엄마가 집 뒤로 찾아와서 거친 목소리로
말했다.

"설거지는 언제 할 거냐. 응?"

"이제 곧 할 거예요." 그가 대답했다.

"그러는 편이 좋을걸." 엄마가 말했다.

엄마가 떠나자, 그녀의 존재는 우리의 관심 밖으로 사
라졌다.

의식의 제2부는 그 유리단지를 뒤켠 양계장으로 갖고
가는 것으로 시작되었다.

"접시는 기다릴 수 있어." 그 애가 내게 말했다. 버트

런드 러셀*이라 할지라도 그보다 더 멋지게 표현할 수는 없었을 것이다.

우리는 양계장 문을 열고 안으로 들어갔다. 그곳은 반쯤 썩은 만화책들로 잔뜩 어질러져 있었다. 그것들은 마치 나무 밑에 떨어진 과일처럼 보였다. 구석에는 낡은 매트리스가 있었고, 그 옆에는 네 개의 1쿼트짜리 유리병들이 있었다. 내 친구는 한 방울도 흘리지 않고 그 병들을 쿨 에이드로 가득 채운 다음, 뚜껑을 꼭 닫았다. 이제 하루분씩의 마실 것이 준비된 것이다.

쿨 에이드 한 봉지로는 2쿼트 분량의 드링크를 만들게 되어 있었다. 그러나 내 친구는 1갤런(4쿼트)을 만들었기 때문에, 그의 쿨 에이드는 언제나 묽었다. 그리고 쿨 에이드 드링크를 만들 때에는 한 봉지당 설탕 한 컵씩을 넣게 되어 있었다. 그러나 설탕이 없는 내 친구는 한 번도 설탕을 넣어보지 못했다.

그 애는 자신만의 쿨 에이드 리얼리티를 만들어냈으며, 그걸로 스스로 만족할 줄 알았다.

호두 케첩을 만드는 또 다른 방법

✦

이것은 미국의 송어낚시를 위한 조그마한 요리책이
다. 부유한 미식가이자, 자기 여자친구 마리아 칼라스*
와 아름다운 촛불 아래 대리석 식탁에서 저녁을 먹고
있는 미국의 송어낚시를 위한.

사과 설탕 졸임

골든 피핀 사과 열두 개를 멋지게 깎아 펜나이프로
속을 도려낸 다음, 물에 넣고 끓인다. 그런 다음, 소량
의 물에 설탕을 넣고 사과 몇 개를 잘게 썰어 집어넣
고 시럽이 될 때까지 끓인다. 그런 다음 그 시럽을 피
핀 사과에 붓고, 말린 체리와 껍질을 벗긴 레몬을 넣

는다. 피핀 사과가 갈라지지 않게 조심해야 한다.

마리아 칼라스는 둘이 함께 사과를 먹는 동안 미국의 송어낚시에게 노래를 불러주었다.

커다란 파이의 껍질

8.81리터의 밀가루와 6파운드의 버터를 1갤런의 물에 넣고 끓인다. 물 위에 뜬 밀가루 찌꺼기를 걷어내고 극소량의 술을 탄다. 반죽을 잘 저은 다음, 식을 때까지 그것을 늘려 조각을 만든다. 그런 다음, 원하는 형태로 만든다.

푸딩 한 스푼

밀가루 한 스푼과 크림이나 우유 한 스푼, 달걀, 소량의 약용 향료, 생강, 그리고 소금을 잘 섞어 작은 나무 접시에 넣고 30분가량 끓인다. 필요하다면 작은 건포도를 넣어도 된다.

미국의 송어낚시는 말했다. "달이 뜨고 있어요." 그러자 마리아 칼라스가 대답했다. "그렇군요."

호두 케첩을 만드는 또 다른 방법

껍질이 단단해지기 전의 녹색 호두를 맷돌에 갈거나, 대리석 절구로 빻는다. 거친 배에 넣어 즙을 짜낸다. 그런 다음 즙을 모은 매 갤런마다 1파운드의 멸치와, 역시 같은 분량의 천일염, 4온스의 자마이카산 후추—2온스는 긴 고추로 만든 후추, 2온스는 검은 고추로 만든 블랙 후추—, 각각 1온스씩의 껍질 말린 향료, 백합뿌리, 생강, 그리고 홍당무 한 개를 넣는다. 양이 절반으로 줄어들 때까지 끓인 다음 냄비에 붓는다. 식으면 병에 넣고 밀봉한 후 3개월 후면 먹을 수 있다.

미국의 송어낚시와 마리아 칼라스는 자신들의 햄버거에 호두 케첩을 부었다.

그라이더 하천을 위한 서곡

✤

인디애나 주 무어스빌은 존 딜린저*의 고향이고, 존 딜린저 박물관이 있는 곳이다. 그곳에 가서 한번 둘러보기 바란다.

어떤 마을은 미국의 복숭아 수도(首都)로, 또는 체리 수도로, 또는 오이스터(굴) 수도로 알려져 있으며, 언제나 축제가 벌어지고, 수영복만 입은 예쁜 아가씨들의 사진이 있다.

인디애나 주 무어스빌은 미국의 존 딜린저 수도이다.

최근 한 남자가 아내와 함께 이사 왔는데, 지하실에서 수백 마리의 쥐*들을 발견했다. 아이의 눈을 가진, 거대하고 천천히 움직이는 쥐들이었다.

아내가 며칠 동안 친척들을 방문하러 간 사이에, 남자는 38구경 권총과 많은 분량의 실탄을 구입했다. 그런 다음, 그는 지하실로 내려가서 쥐들을 쏘기 시작했다. 쥐들은 별 관심이 없었고, 마치 영화라도 보는 듯, 죽은 동료를 팝콘처럼 먹어댔다.

그 남자는 동료를 정신없이 먹어대는 쥐 한 마리에게 다가가 머리에 권총을 겨누었다. 그 쥐는 아무런 반응도 없이 계속해서 먹고 있었다. 총의 공이가 짤깍 하자, 쥐는 먹는 것을 잠시 멈추고 눈 가장자리로 남자를 바라보았다. 쥐는 우선 권총을, 다음에는 그 남자를 바라보았다. 그 눈은 친절하게 보였고, "우리 엄마가 어렸을 때 디나 더빈*처럼 노래했답니다."라고 말하려는 듯했다.

남자는 방아쇠를 당겼다.

그에게는 유머 감각이 없었다.

미국의 존 딜린저 수도인 인디애나 주 무어스빌의 그레이트 시어터에서는 언제나 개봉영화, 2개 동시상영 영화, 그리고 상시상영 영화가 상영되고 있었다.

그라이더 하천

✦

그곳은 물이 맑아 낚시가 잘된다고 했다. 사실 다른 큰 하천들은 마블 산에서 흘러내리는 눈 녹은 물 때문에 흙탕물이었다.

또한, 산꼭대기에 위치한 그곳에는 비버 댐의 자취를 따라서 서식하고 있는 이스턴 브룩 송어들도 살고 있다고 들었다.

스쿨버스 운전사는 그라이더 하천의 지도를 그려주었고, 어디가 낚시가 잘되는 곳인가도 알려주었다. 그가 지도를 그리고 있을 때, 우리는 스틸헤드 오두막 여관 앞에 서 있었다. 날은 아주 더워서 화씨 100도쯤 될 것 같았다.

그라이더 하천에 낚시를 하러 가려면 차가 있어야 하는데, 나는 차가 없었다. 하지만 지도는 아주 훌륭했다. 지도는 종이봉투에 무딘 연필로 그려져 있었고, 제재소는 작은 사각형으로 표시되어 있었다.

미국의 송어낚시를 위한 발레

✢

코브라 릴리*가 곤충을 잡아먹는 방법은 미궁의 송어
낚시에게는 UCLA에서 공연하는 발레가 된다.

그 곤충잡이 식물은 여기 뒷마당 바로 내 옆에 있다.

그것은 내가 울워스 백화점에서 산 지 며칠 만에 죽어
버렸다. 몇 달 전 1960년 대통령 선거 때였다.

나는 그 식물을 비어 있는 계량 깡통에 심어주었다.

그 깡통 옆면에는 '체중조절을 위한 계량 다이어트'라
고 씌어 있었고, 그 밑에는 '재료 : 탈지분유, 콩가루, 전
지분유, 자당, 전분, 옥수수기름, 코코넛 기름, 이스트,
인조 바닐라'라고 씌어 있었다. 하지만 이제 그 깡통은
단지 검은 점들로 뒤덮이고 말라비틀어진 갈색의 코브

라 릴리의 무덤일 뿐이다.

장례식 조화로서, 그 식물에는 선거용 홍보 배지가 박혀 있었는데, 거기에는 '난 닉슨을 지지한다' 라고 씌어 있었다.

발레의 주요 에너지는 코브라 릴리에 대한 묘사로부터 생겨난다. 그 묘사는 지옥의 입구에 깔린 환영매트로도 쓰일 수 있고, 얼음처럼 싸늘한 목관악기로 연주되는 영안실의 관현악단 지휘로도 사용될 수 있으며, 해가 들지 않는 소나무 숲의 작은 우체부로도 이용될 수 있다.

"자연은 코브라 릴리로 하여금 스스로의 먹이를 잡는 방법을 주었다. 그것의 갈라진 혀에는 꿀샘이 있어 먹이로 삼을 곤충들을 유혹한다. 일단 그 속에 빠져들면 아래로 향한 털들 때문에 곤충들은 다시는 위로 올라오지 못하게 된다. 그 식물의 아래에는 소화액이 기다리고 있다."

"코브라 릴리에게 햄버거 조각을 먹이거나 날마다 곤충을 먹여야 한다는 것은 잘못된 생각이다."

난 댄서들이 잘해주기 바란다. 그들은 우리의 상상력을 발끝에 모은 채, 미국의 송어낚시를 위해 로스앤젤레스에서 춤을 춘다.

알코올 중독자들을 위한 월든 호수

✤

가을은, 마치 육식 식물 속으로 질주해 내려가는 롤러 코스터처럼, 포트 와인과 그 진하고 달콤한 와인을 마셨던, 나를 제외하고는 모두의 기억에서 오래전에 사라진 사람들을 다시 데리고 찾아왔다. 언제나 경찰을 조심하느라 우리는 가장 안전한 곳, 즉 교회 건너편 공원에서 술을 마셨다.

공원 중심에는 세 그루의 포플러 나무들이 서 있고, 나무들 앞에는 벤자민 프랭클린 동상이 서 있었다. 우리는 거기 앉아 포트 와인을 마셨다.

집에는 임신한 아내가 있었다.

일과 후 나는 집에 전화를 걸어 "친구들과 술을 마시

느라 좀 늦을 거야."라고 말하곤 했다.

우리 셋은 공원에 둘러앉아 이야기를 했다. 그들은 뉴올리언스의 '해적 골목'에서 관광객들의 초상화를 그려주다가 온 빈털터리 화가들이었다.

이제 샌프란시스코에서 추운 가을을 맞으며 그들은 자신들의 미래란 벼룩 서커스를 열거나, 아니면 정신병원에 입원하는 방법밖에 없다고 생각했다.

그래서 그들은 술을 마시며 의견을 나누었다.

그들은 어떻게 색종이를 벼룩 등에 붙여서 옷을 만들 수 있는지 논의했다.

벼룩을 훈련시키려면 먹이를 이용해야 한다는 이야기도 했다. 정해진 시간에 먹이를 주면 된다는 것이었다.

그들은 또 작은 벼룩용 손수레와 당구대와 자전거 만드는 법에 대해서도 이야기했다.

벼룩 서커스 입장료는 50센트로 하기로 했다. 그 일은 분명 장래성이 있어 보였다.

그러다가 어쩌면 '에드 설리번 텔레비전 쇼'에 출연하게 되는지도 모르는 일이었다.

물론 그들은 아직 벼룩을 구하지는 못했지만, 흰 고양이에게서 어렵지 않게 얻을 수 있을 터였다.

그들은 샴 고양이 몸에 사는 벼룩이 보통 도둑고양이

의 몸에 사는 벼룩보다 더 영리할 것이라고도 말했다. 영리한 놈의 피를 마시는 벼룩이 더 영리하리라는 것은 명확한 사실이었다.

그런 식으로 우리는 화제가 동이 날 때까지 지껄여댔고, 다시 다섯 병째 술을 사가지고 나무들과 벤자민 프랭클린에게 돌아가곤 했다.

이제 해는 거의 다 져가고 있었고 대지는 다시금 싸늘해지기 시작했으며, 몽고메리 거리에서는 사무실 아가씨들이 펭귄처럼 움츠리며 귀가하기 시작했다. 그들은 황급히 지나가면서 우리를 바라보며 머릿속에 새겨넣었다. ─ '술주정꾼들'이라고.

그러자 두 화가는 정신병원에 입원하는 것에 대해 이야기를 시작했다. 정신병원은 얼마나 따뜻한지에 대해, 그리고 그곳에 있는 텔레비전, 부드러운 침대와 깨끗한 이불, 으깬 감자 위에 부은 햄버거 그레이비, 일주일에 한 번씩 하는 여자 환자와의 댄스, 깨끗한 옷, 안전 면도기, 그리고 아름다운 젊은 간호 실습생들에 대해 이야기했다.

아, 그렇다. 정신병원에는 미래가 있었다. 거기서 보내는 겨울은 결코 완전한 손해가 아니었다.

톰 마틴 하천

✣

　어느 날 아침, 나는 스틸헤드를 떠나 고지대의 안개
낀, 공룡의 지능을 가진 클라매스 강을 따라 걷고 있었
다. 톰 마틴 하천은 차갑고 투명했으며, 계곡에서 흘러
나와 고속도로 아래 지하수로를 통해 클라매스 강으로
흐르고 있었다.

　나는 지하 수로에서 흘러나오는 하천 바로 아래에 있
는 작은 못에 낚시를 드리웠고, 9인치짜리 송어를 잡았
다. 잘생긴 놈이었으며, 수면 위로 떠오를 때까지 잡히
지 않으려고 용감히 싸웠다.

　하천은 작았고, 옻나무들로 가득 찬 가파른 계곡에서
흘러나오고 있었지만, 나는 하천의 움직임을 느껴보고

싫었기에 하천을 따라 올라가보기로 했다.

난 그 이름이 좋았다.

톰 마틴 하천.

사람 이름을 따서 하천 이름을 짓는 것도 좋았고, 나중에 그것들이 무엇을 줄 수 있는지, 무엇을 알고 있고, 또 어떻게 변했는지 관찰하며 따라 올라가는 것도 기분 좋은 일이었다.

하지만 그 하천은 진짜 형편없었다. 나는 내내 투쟁하며 걸어가야만 했다.—잡목 수풀과 옻나무가 널려 있었으며, 낚시질할 만한 곳도 없었고, 때로는 계곡이 너무 좁아서 하천 물이 마치 수도꼭지 물처럼 쏟아지기도 했기 때문이다. 때로는 너무나 길이 나빠서 도대체 어디로 가야 할지 망연자실할 때도 있었다.

그런 하천에서 낚시질을 하려면 배관공이 되어야만 했다.

그 첫 송어를 잡은 후, 오직 나만 거기에 있었다. 하지만 나는 그것을 깨닫지 못하고 있었다.

비탈길에서의 송어낚시

⚜

작은 언덕 위에 두 개의 묘지가 마주보고 서 있고, 그 사이로는 비록 장례 행렬처럼 천천히 움직이지만 좋은 송어들이 많이 뛰노는 그레이브야드 하천이 흐르고 있었다.

죽은 자들은 내가 거기서 낚시질하는 것을 괘념치 않았다.

한쪽 묘지에는 커다란 전나무가 있었고, 잔디는 사철 하천에서 뽑아 뿌리는 물로 푸르렀으며, 고급 대리석으로 된 묘비와 상이 있었다.

다른 쪽 묘지는 가난한 사람들 것이었는데, 나무도 없고, 잔디는 여름에 펑크 난 타이어처럼 갈색이었으며,

늦은 가을에 시작된 비가 내릴 때까지 마치 정비공처럼 그렇게 서 있었다.

가난한 사람들의 죽음에는 근사한 비석도 없었다. 다만 부패한 빵조각처럼 보이는 작은 판자에 이렇게 표시되어 있을 뿐이었다.

아무개의 얼간이 아버지

죽을 때까지 일만 하다 돌아가신 사랑하는 어머니

어떤 묘지에는 시든 꽃이 꽂혀진 깡통이나 과일을 담았던 병들이 있었다.

1936년 11월 1일

18세의 나이에

술집에서

총에 맞아 죽은

존 탈보르*를 기리며

이 마요네즈 병에

시든 꽃을

6개월 전에 꽂아놓고

지금은 정신병원에 가 있는 그의 누이가.

결국 나무에 새겨진 그런 말들은, 세월이 지나면 마치 기차역 옆 식당에서 졸린 눈을 비비며 즉석 음식을 주문받는 요리사가 그릴에 깬 계란처럼 알아볼 수 없게 될 것이었다. 그러나 부자들은 정식 요리처럼 대리석에 자신들의 이름을 새겨, 마치 멋진 거리를 떠난 말이 하늘로 날아가듯 할 것이었다.

　　나는 음영이 드리우는 석양에 그레이브야드 하천에서 낚시를 드리웠으며 꽤 많은 송어를 잡았다. 죽은 자들의 가난만이 나를 괴롭혔다.

　　한번은, 밤이 다 되어 집에 가기 전에 송어를 다듬고 있는 동안, 나는 환상을 보았다.—가난한 사람들의 묘지에 가서 잔디와 과일병과 깡통과 비문들과 시든 꽃들과 벌레들과 잡초들과 진흙 덩어리들을 모두 모아 집에 가져가서는 거기에 낚시를 달고 파리를 달아 밖에 나가 하늘로 던져올려, 그것들이 구름을 지나 저녁별들이 떠 있는 곳으로 날아가는 환상을 말이다.

바다, 바다를 항해하는 사람

✢

　그 책방 주인은 마법사가 아니었다. 그는 민들레 꽃이 피어 있는 산등성이에 앉아 있는 다리 셋 달린 까마귀도 아니었다.

　물론 그는 유대인이었다. 젊은 시절 상선의 선원이었던 그는 배가 북대서양에서 어뢰를 맞아 난파되는 바람에, 죽음이 자신을 원하지 않을 때까지 며칠 밤을 꼬박 바다 위에 떠 있어야만 했다. 그는 젊은 아내와, 심장마비와, 폭스바겐 자동차, 그리고 마린 카운티에 집을 한 채 갖고 있었다. 그는 조지 오웰, 리처드 앨딩턴, 그리고 에드먼드 윌슨의 저술들을 좋아했다.

　그는 열여섯 살 때 이미 삶을 배웠다. 처음에는 도스

60

토엡스키에게서, 그리고 그 다음에는 뉴올리언스의 창녀에게서였다.

그 책방은 오래된 묘지들을 위한 주차장과도 같았다. 그곳에는 수천 개의 묘지가 자동차처럼 줄지어 주차되어 있었다. 대부분의 책은 이미 절판되었으며, 사람들은 이제 더 그 책을 읽으려 하지 않았고, 그 책을 읽은 사람들 또한 이미 세상을 떠났거나 아니면 오래전에 그 책들을 기억 속에서 지워버렸다. 그러나 음악의 본질적 변화과정을 통해 그 책들은 다시 처녀로 변했다. 그들은 자신들의 오래된 저작권을 마치 신선한 처녀막처럼 간직하고 있었다.

그 끔찍한 해였던 1959년 어느 날 오후, 나는 퇴근 후 책방으로 갔다.

책방 뒤켠에는 자그마한 부엌이 하나 있었는데, 그는 거기서 구리로 된 냄비에 진한 터키산 커피를 끓였다. 나는 커피를 마시고, 오래된 책들을 읽으며, 그해가 다 가기를 기다렸다. 부엌 위쪽에는 작은 방이 하나 있었다.

그것은 책방을 내려다보는 위치에 있었으며, 그 앞에는 중국식 주렴(珠簾)이 드리워져 있었다. 이 밖에도 그 방에는 소파, 중국산 물건들이 들어 있는 유리 진열장

하나, 그리고 탁자와 의자 세 개가 있었다. 조그만 화장실 하나가 시곗줄처럼 방에 연결되어 있었다.

어느 날 오후, 나는 그 책방의 의자에 앉아 성배(聖杯)처럼 생긴 책을 읽고 있었다. 그 책은 페이지가 진토닉처럼 맑고 투명했으며, 첫 페이지에는 다음과 같이 씌어 있었다.

1859년

11월 23일

뉴욕에서 태어난

빌리 더 키드*

책방 주인이 다가와 내 어깨에 팔을 두르며 말했다.

"여자가 필요하오?" 그의 목소리는 매우 친절했다.

"아니오." 내가 말했다.

"그건 잘못이오." 그가 말했다. 그런 다음 그는 더 아무 말도 하지 않고 책방 옆으로 나가더니 지나가는 낯선 남자와 여자를 불러세웠다. 그는 잠시 그들에게 뭔가를 이야기했지만, 나는 그가 무슨 말을 하는지 알아들을 수가 없었다. 그는 손짓으로 책방 안에 앉아 있던 나를 가리켰다. 그러자 그 여자가 고개를 끄덕였으며, 그 남자도 역시 고개를 끄덕였다.

그들은 책방 안으로 들어왔다.

나는 당황했다. 책방에서 나갈 수도 없었는데, 그건 그들이 걸어들어오고 있는 곳이 바로 이 책방의 유일한 출입구였기 때문이다. 그래서 나는 이층으로 올라가 화장실에 숨어 있기로 마음먹었다. 나는 벌떡 일어나, 책방의 뒤로 가서 이층의 화장실로 갔다. 그들은 내 뒤를 따라왔다.

나는 그들이 계단을 걸어올라오는 소리를 들을 수 있었다.

나는 화장실 안에서 오랫동안 기다렸으며, 그들 또한 다른 방에서 똑같이 오랜 시간을 기다렸다. 그들은 아무 말도 없었다. 내가 화장실에서 나왔을 때 그 여자는 벌거벗은 채 소파에 누워 있었으며, 그 남자는 무릎 위에 모자를 올려놓은 채 의자에 앉아 있었다.

"그 사람은 신경 쓰지 마세요." 여자가 말했다. "이런 일은 그에게 아무것도 아니에요. 그는 매우 부자이지요. 롤스로이스가 3,859대나 있답니다." 그 여자는 매우 아름다웠고, 그녀의 육체는 뼈로 된 바위와 숨겨진 신경조직들 위를 흐르는, 피부와 근육으로 된 산 속의 투명한 강물과도 같았다.

"자, 이리 오세요." 그녀가 말했다. "어서 내 몸속으로 들어와요. 우리는 둘 다 물병자리 태생이고, 나는 당신을 사랑하고 있으니까요."

나는 의자에 앉아 있는 그 남자를 바라보았다. 그의 얼굴은 미소를 짓고 있지 않았으나, 그렇다고 슬퍼 보이지도 않았다.

나는 구두와 옷을 벗었다. 그 남자는 한마디 말도 꺼내지 않았다.

그 여자의 몸은 옆에서 옆으로 가볍게 움직였다. 달리 내가 할 일이라곤 아무것도 없었다. 내 육체는 하늘에서 지상을 향해 팽팽하게 뻗어 있는 전화선 위에 앉아 있는 새와도 같았고, 구름들이 그 선을 조심스럽게 흔들었다.

나는 그녀와 섹스를 했다.

그것은 막 1분이 되기 전의 영원한 59초와도 같았고, 아주 수줍게 느껴졌다.

"좋았어요." 내 얼굴에 키스하며 그녀가 말했다.

그 남자는 아무런 말도, 아무런 동작도, 아무런 감정도 표시하지 않은 채 그대로 앉아 있었다. 그는 부자였으며, 3,859대의 롤스로이스를 소유하고 있는 사람처럼 보였다.

얼마 후 그녀는 다시 옷을 입었다. 그리고 그 남자와

함께 방에서 나갔다. 그들은 계단을 내려갔으며, 그들이 막 출입구를 통해 나가려 할 때 나는 그 남자가 하는 말을 처음으로 들을 수 있었다.

"저녁식사는 어니스 레스토랑에서 하는 게 어때?"

"글쎄요." 그녀가 말했다. "저녁식사를 생각하기에는 좀 이른 것 같네요."

그러자 문이 닫혔고, 그들은 사라졌다. 나는 옷을 입고 아래층으로 내려갔다. 내 육체는, 기능적인 배경음악의 실험에서처럼, 부드럽고 느슨해진 느낌이었다.

책방 주인은 계산대 뒤편의 책상에 앉아 있었다. "당신에게 이층에서 일어난 일을 말해주겠소." 그는 아름다운 목소리, 다리가 셋 달린 까마귀나 민들레 꽃이 피어 있는 산등성이와는 다른 목소리로 말했다.

"무슨 말이에요?" 내가 물었다.

"당신은 스페인 내란에서 싸웠소. 당신은 오하이오 주 클리블랜드 출신의 젊은 공산주의자였지. 그리고 그녀는 화가였소. 스페인 내란 중 관광하러 왔던 뉴욕의 유대인이었지. 마치 그리스 조상(彫像)들이 스페인 내란을 연기하고 있는 뉴올리언스의 마디그라*나 되는 것처럼 말이오.

당신이 그녀를 만났을 때, 그녀는 죽은 어떤 무정부주의자의 초상을 그리고 있었소. 그녀는 당신에게 그 무정부주의자 옆에 서서 마치 당신이 그를 살해한 사람인 것처럼 포즈를 취해달라고 했소. 당신은 그녀의 뺨을 때렸고, 내가 차마 되풀이할 수 없는 그런 욕을 그녀에게 퍼부었소.

당신들 두 사람은 그 후 서로 깊은 사랑에 빠졌소.

당신들이 함께 전선에 있는 동안, 그녀는 당신에게 《우울의 해부》라는 책을 읽어주었고, 무려 349점의 레몬 데생을 그렸소. 서로에 대한 당신들의 사랑은 정신적인 것이었소. 당신들 중 어느 누구도 침대에서 백만장자들처럼 굴지는 않았소.

바르셀로나가 함락되었을 때, 당신은 그녀와 함께 영국으로 탈출했소. 그리고 뉴욕으로 가는 배를 탔지. 그러나 서로에 대한 당신들의 사랑은 스페인에 그래도 머물러 있었소. 그것은 단지 전쟁터의 사랑에 불과했소. 전쟁 동안 스페인에서 상대방을 사랑하면서, 사실 당신들은 단지 자기 자신을 사랑하고 있었을 뿐이었소. 대서양에서 당신들은 서로에 대해 점차 다른 감정을 느끼게 되었으며, 매일매일 서로를 더욱더 상실하는 사람들처럼 되어갔소.

대서양의 모든 파도는, 그 하나하나가 떠 있는 대포를 수평선에서 수평선으로 끌고 다니는 죽은 갈매기와도 같았소.

배가 미국 땅에 상륙했을 때, 당신들은 아무 말도 없이 헤어졌으며 두 번 다시 만나지 않았소. 당신들에 관해 내가 들은 마지막 소식은 당신들이 아직도 필라델피아에 살고 있다는 것이었소."

"지금까지 말한 것이 당신이 이층에서 일어났다고 생각한 일인가요?"

"부분적으로는 그렇소." 그가 말했다. "그렇소. 그건 일어났던 사건의 일부분이오."

그는 파이프를 꺼내 담배를 꼭꼭 채운 후 불을 댕겼다.

"당신은 내가 거기서 일어난 다른 일들을 말해주길 원하오?"

"그래보시오."

"당신은 국경선을 넘어 멕시코로 들어갔소." 그가 말했다. "당신은 어느 작은 마을에 말을 타고 나타났지. 사람들은 당신이 누구인지 알고 있었고, 그래서 당신을 무척 두려워했지. 그들은 당신이 허리에 차고 있던 권총으로 수많은 사람을 죽였다는 사실도 이미 잘 알고 있었소. 더구나 그 마을은 목사조차 있지 않을 정도로 아주 작았소."

"시골 사람들은 당신을 본 순간 그 도시를 떠났지. 비록 그들도 거칠고 난폭했지만, 그들조차도 당신과 상대하기를 원하지는 않았소. 그래서 그들은 차라리 마을을 떠나는 편을 택했소."

"당신은 그 도시에서 가장 막강한 사람이 되었지. 당신은 열세 살짜리 소녀에게 유혹당했소. 그래서 당신은 그 소녀와 한 오두막집에서 함께 살게 되었지. 하루종일 당신이 하는 짓이라곤 그녀와 사랑을 나누는 일밖에 없었소. 그녀는 날씬했으며, 검고 긴 머리카락을 갖고 있었소. 당신은 서서도, 앉아서도, 그리고 주위에 돼지새끼들과 병아리들이 법석대고 있는 더러운 마루 위에서도 사랑을 나누었지. 벽과 마루와 지붕은 당신의 정자와 그녀의 애액으로 몇 겹씩 옷 입혀져 있었소. 당신은 밤에 마루 위해서 잠을 잤으며, 당신의 정자를 베개로 그리고 그녀의 애액을 담요로 사용했소. 그 도시 사람들은 당신을 매우 두려워했기 때문에 그걸 보면서도 말조차 제대로 꺼내지 못했소. 언제부터인가 그녀는 옷을 하나도 걸치지 않은 채 도시 여기저기를 걸어다니기 시작했소. 사람들은 그것은 좋은 일이 아니라고 수군거렸지. 하지만 당신도 그녀와 똑같이 알몸으로 사방을 활보하기 시작했을 때, 그리고 당신들 두 사람이 마을 한복판에서 말등에 올라탄 채 사랑의 행위를 즐기기 시작했을 때, 사람들은 심한 두려움에 떨며 아예 그 마을을 버리고 달아났소. 그래서 그 도시는 그 이후 사람이 살지 않는 황폐한 곳이 되어버렸소. 지금도 그곳엔 아무도 살고 있지 않을 것이오. 당신들 두 사람 중 누구도 스물한 살이 될 때까지 살지 못했소. 또 사실 그럴 필요도 없었고. 이제 알겠소? 나는 이렇게 이층에서 무슨 일이 일어났는지를 훤히 알고 있소."

그가 말했다. 그는 나를 향해 부드럽게 미소를 지어 보였다. 그의 눈은 하프시코드의 현과도 같았다.

나는 이층에서 무슨 일이 일어났던가를 생각해보았다. "당신도 지금까지 내가 말한 것이 사실이라는 것을 알고 있소." 그가 말했다. "왜냐하면 당신은 그것을 자신의 눈으로 목격했고, 또 자신의 몸으로 경험했기 때문이오. 이것으로 내 얘기는 모두 끝났소. 이젠 아까 당신이 읽다가 만 책이나 마저 다 읽으시오. 어쨌든 나는 당신이 사랑을 나누게 된 것을 기쁘게 생각하오."

일단 다시 읽어 내려가자, 그 책의 페이지들은 속도를

내기 시작했으며, 마침내는 바닷속 물레방아처럼 회전
을 일으키면서 더욱더 빨리 넘어갔다.

헤이만 하천에 송어가 올라온 마지막 해

🜊

    이제 그 늙은이는 죽고 없다. 헤이만 하천은 엉터리 개척자였던 찰스 헤이만*의 이름을 따서 지어졌다. 이곳은 가난하고 추하고 끔찍해서 사람들이 살려고 하지 않았다. 1876년 그는 쓸모없는 언덕 하나를 간척해 작은 하천가에 움막을 지었다. 나중에 그 하천은 헤이만 하천이라고 불리게 되었다.

    헤이만 씨는 읽을 줄도 쓸 줄도 몰랐는데, 자기에게는 그것이 더 낫다고 여기는 사람이었다. 그는 수없이 많은 잡일을 전전했다.

    노새 수레가 부서졌다고?

    헤이만 씨를 불러 고치면 되었다.

울타리에 불이 붙었다고?

헤이만 씨를 불러 불을 끄면 되었다.

헤이만 씨는 맷돌로 빻은 밀과 케일을 먹고살았다. 그는 백 파운드가 들어 있는 밀 가마를 사서 맷돌과 공이로 자신이 직접 밀을 빻았다. 케일은 움막 앞에 심었으며, 마치 상으로 받은 난(蘭)이나 되는 것처럼 정성스레 가꾸었다.

헤이만 씨는 평생 단 한 번도 커피나 술을 마셔본 적이 없고, 담배를 피워본 적도 없으며, 여자와 살아본 적도 없었다. 그는 그런 것들은 바보들이나 하는 짓이라고 생각했다.

겨울에는 송어들이 헤이만 하천으로 올라오곤 했다. 하지만 초여름이 되면 하천은 물이 말라 물고기가 살 수 없었다.

헤이만 씨는 송어 한두 마리를 잡아 맷돌로 빻은 밀과 케일과 함께 먹곤 했다. 그러던 어느 날 그는 너무 늙어 일할 수 없게 되었고, 너무 늙어 보여서 아이들은 그가 혼자 사는 악마라고 생각해 그의 움막이 있는 하천에는 가지 않게 되었다.

헤이만 씨는 전혀 개의치 않았다. 이 세상에서 가장 쓸모없는 것이 바로 아이들이라고 생각했기 때문이다.

읽고 쓰는 것이나 아이들은 모두 쓸데없다고 생각하며, 헤이만 씨는 밀을 빻고 케일을 기르며, 하천에 송어가 있을 때면 가서 낚시질을 하면서 살았다.

30년 동안이나 90세 노인처럼 보이더니, 드디어 그는 자기가 죽을 때가 되었다고 생각했고, 곧 죽고 말았다. 그가 죽던 해 송어들은 헤이만 하천에 올라오지 않았고, 다시는 나타나지 않았다. 노인이 죽었다면 그곳에 가지 않는 것이 좋겠다고 송어들은 생각했다.

맷돌과 공이는 선반에서 떨어져 깨졌다.

움막도 부패해 사라졌다.

케일 밭도 잡초로 뒤덮였다.

헤이만 씨가 죽은 지 20년 후, 산림청 사람들이 그 근처 하천에 송어들을 풀어놓았다.

"여기다가도 좀 풀어놓지." 그중 한 사람이 말했다.

"그러지 뭐." 또 다른 사람이 말했다.

그들은 깡통에 가득 담긴 송어들을 풀어놓았는데, 송어들은 물에 닿자마자 허연 배를 뒤집고 하천 위에 죽어 떠 있었다.

포트 와인에 취해 죽은 송어

✢

그것은 상상력에 의존한 옥외 변소가 아니었다.

그것은 현실이었다.

11인치나 되는 무지개송어 한 마리가 살해된 것이다. 한 방울의 포트 와인에 의해 무지개송어의 생명은 지상의 물결로부터 영원히 사라져버렸다.

송어가 포트 와인을 마셔서 죽는다는 것은 분명히 자연법칙에 위배되는 일이었다.

송어가 낚시꾼에 의해 목이 부러진 뒤 바구니 속으로 집어 던져지거나, 또는 송어가 몸 전체를 하얀 설탕 색깔의 개미들처럼 뒤덮는 곰팡이 때문에 죽는다는 것은 물론 있을 수 있는 일이다.

또 송어가 늦여름에 말라붙은 연못 속에 갇혀 죽는다거나, 또는 새의 발톱이나 동물의 발톱에 의해 죽는다는 것도 있을 수 있는 일이다.

심지어는 송어가 공해로 인해 살해된다는 것도, 즉 인간의 배설물에 의해 오염된 강 속에서 죽는다는 것도 있을 수 있는 일이다.

너무 나이가 들어 숨을 거둔 뒤 그들의 하얀 수염들이 바다로 떠내려가는 송어들도 있다.

이러한 것들은 모두 자연의 법칙에 따른 죽음이라고 할 수 있다. 그러나 송어가 포트 와인을 먹고 죽는다면, 그건 잘못된 것이다.

1496년에 출판된 《성(聖) 앨반즈의 서(書)》라는 책의 '낚시도구로 물고기를 낚는 법에 관한 논문' 조차도 그러한 사례에 대해서는 아무런 언급을 하고 있지 않다. 1910년에 출판된 H. C. 커트클리프의 《백악(白堊) 하천에서 낚시를 하는 몇 가지 방법에 대한 소고(小考)》도 그러한 사례에 대해선 아무런 언급도 하고 있지 않다. 1955년에 출판된 베아트리스 쿡의 《진리는 낚시보다 더 이상하다》라는 책에도 그러한 사례에 대한 언급은 나와 있지 않다. 1694년에 출판된 리처드 프랭크의 《북부(北

部)의 회고록》에도 그러한 사례에 대한 언급은 나와 있지 않다. 1873년에 출판된 W. C. 프라임의 《나는 낚시질을 하러 간다》에도 그러한 사례에 대한 언급은 나와 있지 않다. 1957년에 출판된 짐 퀵의 《송어낚시와 제물 낚시용 날파리》에도 그러한 사례에 대한 언급은 나와 있지 않다. 1600년에 출판된 존 태버너의 《물고기와 과일에 대한 몇 가지 실험》에도 그러한 사례에 대한 언급은 나와 있지 않다. 1946년에 출판된 로더릭 L. 헤이그브라운의 《강은 결코 잠들지 않는다》에도 그러한 사례에 대한 언급은 나와 있지 않다. 1949년에 출판된 베아트리스 쿡의 《물고기가 우리에게 작별을 고할 때까지》에도 그러한 사례에 대한 언급은 나와 있지 않다. 1931년에 출판된 E. W. 하딩의 《제물 낚시꾼과 송어의 시각》에도 그러한 사례에 대한 언급은 나와 있지 않다. 1859년에 출판된 찰스 킹슬리의 《백악 하천에 관한 연구》에도 그러한 사례에 대한 언급은 나와 있지 않다. 1960년에 출판된 로버트 트라버의 《송어의 광기》에도 그러한 사례에 대한 언급은 나와 있지 않다.

1924년에 출판된 J. W. 던의 《햇빛과 마른 제물낚시 날파리》에도 그러한 사례에 대한 언급은 나와 있지 않다. 1955년에 출판된 어니스트 G. 슈비베르트 2세의 《뚜

껍을 짜맞추는 법》에도 그러한 사례에 대한 언급은 나와 있지 않다. 1863년에 출판된 H. C. 커트클리프의《급류에서 송어낚시를 하는 기술》에도 그러한 사례에 대한 언급은 나와 있지 않다. 1898년에 출판된 C. E. 워커의《새 옷으로 단장한 낡은 제물낚시용 파리들》에도 그러한 사례에 대한 언급은 나와 있지 않다. 1951년에 출판된 로더릭 L. 헤이그브라운의《낚시꾼의 봄》에도 그러한 사례에 대한 언급은 나와 있지 않다. 1916년에 출판된 찰스 브래드포드의《확고하게 마음을 굳힌 낚시꾼과 하천의 송어》에도 그러한 사례에 대한 언급은 나와 있지 않다. 1951년에 출판된 치시 패링턴의《여자들도 낚시를 할 수 있다》에도 그러한 사례에 대한 언급은 나와 있지 않다. 1926년에 출판된 제인 그레이스의《낚시꾼의 이상향인 뉴질랜드에 관한 이야기들》에도 그러한 사례에 대한 언급은 나와 있지 않다. 1916년에 출판된 G. C. 배인브리지의《플라이 낚시꾼을 위한 입문서》에도 그러한 사례에 대한 언급은 나와 있지 않다.

그 어떤 책에도 포트 와인을 마시고 죽은 송어에 대한 언급은 나와 있지 않았다.

그 최고의 사형집행인 묘사하기 :

우리는 아침 일찍 일어났고, 밖은 아직 어두웠다. 그는 엷은 미소를 띠며 부엌으로 들어왔다. 우리는 함께 아침식사를 했다.

기름에 튀긴 감자와 달걀과 커피로.

"어이, 후레자식 친구." 그가 말했다. "소금 좀 건네줘."

낚시도구는 이미 차 안에 있었다. 그래서 우리는 곧바로 출발했다. 동이 터오는 여명의 첫 햇살을 받으며 우리는 산마루에 걸쳐 있는 도로를 질주해 새벽 속으로 빨려들어갔다. 나무 숲 뒤의 빛은 층층으로 된 이상한 백화점 속으로 들어가고 있는 것처럼 보였다.

"어젯밤 그 계집앤 정말 예뻤지." 그가 말했다.

"그래." 내가 말했다. "잘 골랐어."

"만약 구두만 발에 맞는다면……." 그가 말했다.

아울 스너프 하천은 길이가 겨우 몇 마일에 불과한 아주 조그마한 하천이었다. 그러나 그곳에는 아주 멋진 송어들이 살고 있었다. 차에서 내려 1/4마일 정도를 걸어 내려가서야 우리는 비로소 하천에 다다를 수 있었다. 나는 내 낚시도구를 가지런히 모았다. 그는 조끼 주머니에서 조그마한 포트 와인 술병을 하나 꺼내면서 말했다.

"요건 몰랐지?"

"아니, 난 안 마실래." 내가 말했다.

그는 한 모금 죽 마시더니 옆으로 머리를 흔들면서 말했다. "너는 이 하천이 내게 어떤 것을 떠올리는지 아니?"

"아니." 회색과 노란색이 혼합되어 있는 파리 한 마리를 낚싯대에 꿰면서 내가 시큰둥하게 대꾸했다.

"이것은 내 유년시절의 영원한 꿈이자 젊음의 촉진제였던 에반젤린의 질(膣)을 생각나게 해."

"멋진 얘기구나." 내가 말했다.

"롱펠로*가 내 유년시절의 헨리 밀러*였던 셈이지." 그가 말했다.

"그랬군." 내가 말했다.

나는 전나무 잎들이 가장자리에서 소용돌이를 일으키고 있는 작은 연못으로 낚시를 던졌다. 전나무 잎들은 빙글빙글 원을 그리며 움직이고 있었다. 내게는 그것들이 나뭇가지에서 떨어졌다는 생각이 조금도 들지 않았다. 그것들은 연못 속에서 완전히 만족스럽고 자연스러운 것처럼 보였다. 마치 그 연못이 물줄기로 나뭇가지를 만들어 자신들을 떠받쳐주고 있기라도 한 것처럼.

내가 세 번째로 던진 낚시에 송어가 입질을 했지만, 놓치고 말았다.

"오, 이런!" 그가 말했다. "난 그저 네가 낚시질하는 모습을 지켜보고 있을까 해. 훔친 그림이 저기 옆집에 숨겨져 있거든."

상류 쪽에서 낚시질을 하는 동안 나는 협곡의 좁다란 계단을 향해 점점 더 가까이 다가갔다. 그런 다음, 나는 마치 백화점 속으로 들어가는 것처럼 그 속으로 완전히 들어가버리고 말았다. 나는 그 분실물 데스크에서 세 마리의 송어를 낚았다. 그는 심지어 자신의 낚시도구를 가지런히 모아놓지도 않았다. 그는 단지 내 뒤를 따라다녔을 뿐이다. 포트 와인을 마시며 그리고 막대기로 세상을 쿡쿡 찔러대면서.

"참 아름다운 하천이군." 그가 말했다. "하천은 나에게 에반젤린의 보청기를 연상시켜."

우리는 아이들의 장난감 파는 곳을 뚫고 흐르고 있는 커다란 연못에서 발걸음을 멈췄다. 하천에 의해 형성된 연못이었다. 그 연못이 막 시작되는 부분의 수면은 마치 크림과도 같았다. 그런 다음, 수면은 한 그루 커다란 나무의 그림자를 비춰주고 반사해주었다. 이때쯤 태양은 이미 떠올라 있었다. 그것이 산 위에 떠 있는 것을 누구나 볼 수 있었다.

나는 크림과도 같은 수면에 낚시를 던졌다. 그리고 미끼용 날파리를 수면에 비쳐 있는, 새 바로 옆에 있는 긴 나뭇가지를 향해 떠내려가도록 내버려두었다.

그 순간, 송어가 미끼를 물었다!

나는 재빨리 낚싯바늘을 고정했고, 송어는 펄떡거리기 시작했다.

"킬리만자로에서 기린들이 경주하는 것 같군." 그가 소리질렀다. 그러고는 송어가 뛰어오를 때마다 그 녀석도 뛰어올랐다.

"에베레스트 산에서 날아가는 벌떼 같아!" 그가 다시 외쳤다.

나는 그물을 가지고 오지 않았기 때문에 그 송어를 하천 가장자리까지 끌고 오기 위해 한참 동안 승강이를 벌여야 했다. 그런 다음 간신히 그것을 기슭에 내동댕이칠 수 있었다.

그 송어의 옆구리에는 붉은 줄이 커다랗게 죽죽 그어져 있었다. 그것은 아주 멋지게 생긴 무지개송어였다.

"참 예쁘다!" 그가 감탄사를 발했다.

그는 무지개송어를 집어들었다. 그놈은 그의 손아귀에서 벗어나려고 마구 버둥거렸다.

"그놈의 모가지를 비틀어." 내가 말했다.

"내게 더 좋은 생각이 있어." 그가 말했다. "죽이기 전에 최소한 그놈이 죽으면서 겪을 고통만큼은 좀 덜어주고 싶어. 이 송어에겐 지금 술 한 잔이 필요해." 그는 주머니에서 포트 와인 술병을 꺼내 마개를 따더니 송어의 입 속에 족히 한 잔 분량의 술을 부어넣었다.

송어는 경련을 일으키기 시작했다. 송어의 몸은 마치 지진이 일어나고 있는 동안 망원경이 흔들리는 것처럼 매우 빠른 속도로 흔들렸다. 입을 크게 벌린 채로, 송어는 마치 사람처럼 이빨이 나 있기라도 한 듯이 계속해서 딸가닥거리는 소리를 내고 있었다.

그는 흰 바위 위에 머리를 아래로 해서 그 송어를 올려놓았다. 포도주 몇 방울이 입에서 뚝뚝 떨어져 바위에 얼룩이 졌다.

그런 다음, 송어는 아무런 움직임도 없이 조용히 누워 있었다.

"이놈은 행복하게 죽었어." 그가 말했다.

"이것이 바로 내가 '익명 금주단체'*에게 보내는 송시(頌詩)야."

"이것 좀 봐!"

미국의 송어낚시의 부검

†

이것은 미국의 송어낚시의 부검서이다. 마치 미국의 송어낚시가 그리스의 미솔롱기에서 죽은 바이런 경이나 되는 것처럼. 그리고 죽은 후에는 아이다호의 해변도, 캐리 하천도, 워스위크 온천도, 파라다이스 하천도, 솔트 하천도, 그리고 더크 호수도 다시는 보지 못한 것처럼.

미국의 송어낚시의 부검서:
"신체상태는 양호함. 갑자기 질식사한 것처럼 보임. 머리의 둥근 덮개를 열었는데, 두개골은 80세 노인처럼 봉합한 흔적이 전혀 없고 아주 단단했음. 두개골은 하나의 분리된 뼈로 이루어져 있다고 말할 수 있음. 두개골 내벽에는 뇌막이 아주 단단하게 붙어 있어서, 경뇌막으로부터 그 뼈를 떼어내기 위해 뼈를 톱질하는 데 두 명의 장정이 달려들어도 충분하지 않았음. 대뇌와 소뇌는 6파운드였고, 콩팥은 아주 크고 건강했으며, 방광은 상대적으로 작았음."

1824년 5월 2일, 미국의 송어낚시의 시체는 배로 미솔롱기를 떠나 1824년 6월 29일 저녁 영국에 도착하게 되어 있었다.

미국의 송어낚시의 시체는 180갤런의 주정(酒精)을 넣을 수 있는 술통에 보관되었다. 오, 그것은 아이다호로부터 머나먼 여정이었으며, 스탠리 연못, 리틀 레드피시 호수, 빅 로스트 강, 조세퍼스 호수, 그리고 빅 우드 강으로부터 머나먼 여정이었다.

메시지

⚜

어젯밤, 파란색 연기가 우리 캠프파이어에서 나와 계곡으로 내려가 암말의 방울소리와 뒤섞이더니, 결국에는 아무리 해도 파란색과 방울소리가 구별되지 않았다. 그 두 개를 떼어놓을 만큼 커다란 쇠지레는 없었다.

어제 오후 우리는 웰즈 서밋에서 길을 떠났는데, 도중에 양떼를 만났다. 그것들 역시 우리처럼 이동중이었다.

잎이 달린 나뭇가지를 든 목동은 양들을 몰고 우리 차 앞을 건너가고 있었다. 그는 젊고 마른 아돌프 히틀러 같았지만 친절했다.

양들은 천 마리쯤 되어 보였다. 날은 더웠고, 길은 먼지투성이인데다가 시끄러웠으며, 그것들이 다 지나갈 때까지는 꽤 오랜 시간이 걸렸다.

양떼의 맨 뒤에는 두 마리의 말이 끄는 포장마차가 있었다. 방울을 단 세 번째 암말은 마차 뒤에 묶여 있었다. 하얀 포장은 바람에 휘날리고 있었으며, 포장마차에는 마부가 없었다. 마부 자리는 비어 있었다.

드디어 그 친절한 아돌프 히틀러는 마지막 양을 길에서 몰아냈다. 그는 우리를 향해 미소 지었으며, 우리는 감사의 표시로 손을 흔들었다.

우리는 캠핑 장소를 찾고 있었다. 우리는 리틀 스모키를 따라 5마일쯤 길을 내려왔지만 좋은 장소를 찾을 수가 없어서, 조금 전 캐리 하천에서 보아둔 곳으로 되돌아가기로 했다.

"이번에는 그 빌어먹을 양떼가 없어야 할 텐데." 하고 내가 말했다.

우리는 다시 되돌아가기 시작했다. 물론 양떼들은 다 가버렸지만, 거리에는 온통 양들의 분뇨가 널려 있었다. 우리 앞 1마일은 양들의 배설물로 가득 덮여 있었다.

나는 양떼들을 다시 발견하게 되기를 바라면서 리틀 스모키 옆의 초원을 내려다보았지만, 양은 한 마리도 없고 양의 분뇨만 널려 있었다.

괄약근이 만들어놓은 게임이나 되는 것처럼, 우리는

그것의 진상을 알고 있었다. 고개를 좌우로 흔들면서 우리는 기다렸다.

우리가 모퉁이를 돌자 갑자기 양들이 통형 촛불처럼 길로 쏟아져나왔는데, 천 마리의 양들과 목동이 무슨 일인가 의아해하면서 우리 앞에 서 있었다. 우리도 같은 생각이었다.

뒷좌석에는 맥주가 좀 있었다. 그것은 차지도 않았지만, 그렇다고 미지근한 것도 아니었다. 나는 정말 당황했기 때문에, 맥주 한 병을 들고 차에서 내렸다.

나는 친절한 아돌프 히틀러처럼 생긴 목동에게 걸어갔다.

"미안하오." 내가 말했다.

"양들 때문이지요." 그가 말했다. (오, 뮌헨과 베를린의 멀리 피어 있는 달콤한 꽃이여!) "때로 양들은 골칫거리이기도 하지만, 문제는 없답니다."

"맥주 한잔하겠소?" 내가 물었다. "이런 일을 또 겪게 해서 미안하오."

"고맙습니다." 어깨를 으쓱하며 그가 말했다. 그는 맥주를 받아서 포장마차의 빈 좌석에 얹어놓았다. 그런 것처럼 보였다. 한참 뒤, 드디어 양떼는 다 사라졌다. 그것들은 자동차에서 벗겨낸 그물과도 같았다.

우리는 캐리 하천에 있는 그 장소로 차를 몰고 가 텐트를 치고, 차에서 물건들을 꺼내 텐트 속에 쌓아놓았다.

그런 다음, 우리는 비버 댐이 있고 송어들이 낙엽처럼 우리를 되쏘아보던 곳을 향해 차를 더 위쪽으로 몰고 갔다.

우리는 차 뒤에 땔감용 나무를 가득 실었고, 나는 저녁식사용으로 그 나뭇잎 같은 송어들을 잔뜩 잡아왔다. 송어들은 작고 검고 차디찼다. 우리는 가을이 좋았다.

캠프로 다시 돌아왔을 때, 나는 멀리서 목동의 포장마차를 보았으며, 초원에서 들려오는 암말의 방울소리와 양들이 멀리서 내는 소리를 들었다.

그것들은 친절한 아돌프 히틀러 같은 목동을 중심으로 마지막 원을 이루고 있었다. 그는 거기서 밤을 보낼 터였다. 그래서 황혼에 우리 캠프에서 내려간 파란 연기는 거기서 암말의 방울소리와 합해진 것이다.

양들은 패배한 군대의 깃발들처럼 하나둘씩 쓰러져 잠에 빠져 들어갔다. 나에게는 조금 전 도착한 대단히 중요한 메시지가 있다. 거기에는 '스탈린그라드'라고 씌어 있다.*

미국의 송어낚시 테러리스트

✣

우리 친구 연발권총 만세!

우리 친구 기관총 만세!

– 이스라엘 테러리스트들의 노래

6학년이 되던 해 어느 4월 아침, 우리는 처음엔 우연히, 그리고 나중엔 계획적으로 미국의 송어낚시 테러리스트들이 되었다.

그 사건은 이런 식으로 일어났다.

우리는 장난꾸러기들이었다. 늘 겁없는 짓과 짓궂은 장난을 저질러 교장실에 불려가곤 했다. 교장선생님은 젊었고, 우리를 다루는 데 천부적인 소질을 지닌 사람이었다.

4월 어느 날, 우리는 운동장 근처에 서 있었다. 운동장은 커다란 야외 당구장 같았고, 1학년 신입생들은 왔다 갔다하는 당구공과도 같았다. 우리는 오늘도 지루하게 쿠바에 대해 공부할 예정이었다.

우리 중 하나가 분필을 들고 있다가, 지나가는 1학년 학생의 등에 '미국의 송어낚시'라고 썼다.

그 아이는 자기 등에 뭐라고 씌어 있는지 보려고 애쓰다가 여의치 않자 어깨를 으쓱하고는 그네 타는 곳으로 가버렸다.

우리는 그 아이가 등에 '미국의 송어낚시'라고 쓰인 옷을 입고 사라져가는 것을 보았다. 그건 보기에도 좋았고 자연스러웠으며, 1학년 학생이 등에 분필로 '미국의 송어낚시'라는 문구를 달고 다니는 것 자체가 보기에 즐거웠다.

그래서 또 다른 1학년 아이가 지나갈 때, 나는 친구에게 분필을 빌린 다음, "야, 1학년, 너 이리 좀 와봐!"라고 말했다. 그 아이가 내게로 오자, 나는 "돌아서!"라고 말했다.

그는 돌아섰고, 나는 그 애의 등에다 '미국의 송어낚시'라고 썼다. 두 번째 아이에게는 더욱 잘 어울렸다. 우리는 스스로를 아주 대견해했다. '미국의 송어낚시'라.
그것은 확실히 1학년 아이들에게 무엇인가를 더해주었
다. 그것은 그들을 완성해주었고, 일종의 품위를 가져다
주었다.

"정말 보기 좋지, 그렇지?"

"그래."

"분필을 더 가져오자."

"그러자."

"철봉이 있는 데 가면 1학년 아이들이 많이 있어."

"그래."

우리는 모두 분필을 들었다. 오후에 수업이 끝날 때쯤
엔 여학생을 포함한 모든 1학년 학생들이 등에 '미국의
송어낚시'라는 문구를 달고 다니게 되었다.

1학년 담임선생님들이 교장실에 보고를 하기 시작했
다. 선생님 중 한 분은 전화로 보고하는 대신 꼬마 여학
생 하나를 직접 교장실로 보냈다.

"로빈스 선생님이 보냈어요." 그 꼬마가 말했다. "교
장선생님께서 이걸 좀 보시래요."

"뭘 말이냐?" 멍하게 서 있는 아이를 바라보며 교장선
생님이 물었다.

"제 등을 보세요."

그 꼬마 소녀가 등을 돌리자, 교장선생님은 큰 소리로 읽었다. '미국의 송어낚시' 라.

"누가 이랬니?" 교장선생님이 물었다.

"6학년 선배들이 그랬어요." 꼬마가 말했다. "나쁜 아이들 말이에요, 그 애들이 우리 1학년 모두에게 이런 짓을 했어요. 우리 모두가 다 이래요. 근데 '미국의 송어낚시' 는 무슨 뜻인가요? 이 스웨터는 우리 할머니가 새로 사주신 건데요."

"흠, '미국의 송어낚시' 라." 교장선생님이 말했다. "로빈스 선생님께 내가 곧 그리 간다고 말씀드려라."

교장선생님은 그 아이를 돌려보냈다. 잠시 후, 우리는 속세에서 저 높은 교장실로 불려갔다.

우리는 교장실로 들어가서 안절부절못하며, 발로 바닥을 차기도 하고, 창밖을 보기도 하며, 하품을 하기도 했다. 우리 중 하나는 갑자기 미친 듯이 눈을 깜빡이기 시작했고, 나머지는 손을 주머니에 넣고 시선을 돌렸다가 다시 바라보기도 했고, 천장에 달린 전등을 보면서 '참 삶은 감자처럼 생겼구나' 하고 생각하다가, 다시 벽에 붙어 있는 교장선생님의 모친 사진을 바라보기도 했다. 그녀는 무성영화시대의 배우였고, 사진 속에서 철길에 묶여 있었다.

"너희, '미국의 송어낚시'라고 들어본 적 있니?" 교장 선생님이 물었다. "오늘 혹시 돌아다니다가 '미국의 송어낚시'라고 쓰인 곳을 보지 못했니? 잠시 잘 생각해봐라."

우리는 모두 열심히 잘 생각해보았다.

교장실에는 침묵이 감돌았다. 전에도 교장실에 자주 불려온 우리에게 그 침묵은 너무나 친숙한 것이었다.

"내가 좀 도와줄까?" 교장선생님이 말했다. "아마 1학년 학생들의 등에서 보았겠지? 그런데 그런 말이 어떻게 그 아이들의 등에 씌어 있을까?"

우리는 어색하게 미소를 지을 수밖에 없었다.

"난 조금 전에 로빈스 선생님 반에서 돌아오는 길이다." 교장선생님이 말했다. "등에 '미국의 송어낚시'가 적힌 사람 손을 들어보라고 했더니, 전원이 다 손을 들더구나. 한 아이만 안 들었는데, 그 애는 오늘 하루종일 화장실에 숨어 있었다고 했다. 이게 무슨 일일까? '미국의 송어낚시'라니 말이다."

우리는 아무 말도 하지 않았다.

우리 중 한 녀석은 여전히 미친 듯이 눈을 깜빡이고 있었다. 우리의 비밀을 폭로하는 것은 언제나 그 녀석의 죄의식에 찬 깜빡임이었다. 사실 그래서 6학년 초에 그

녀석을 제거했어야 했다.

"너희 모두가 다 그랬지?" 교장선생님이 말했다. "만일 너희 중 죄 없는 자가 있으면 지금 말해라."

그 깜빡이만 빼고 우리는 모두 침묵을 지켰다. 갑자기 나는 그 녀석이 깜빡이는 소리를 들을 수 있었다. 그것은 마치 우리 재난의 100만 번째 알을 낳고 있는 곤충의 소리와도 같았다.

"너희 모두가 그랬구나. 왜지? 왜 어린애들 등에 '미국의 송어낚시'라고 썼지?"

그러자 교장선생님은 다시 한번 우리를 다룰 때면 늘 사용하는 자신의 특허인 E=MC^{2}식 6학년용 속임수를 썼다.

"만일 내가 선생님들을 전부 여기 모이게 한 다음, 등에 '미국의 송어낚시'라고 쓴다면 우습지 않겠니?"

우리는 어색하게 킥킥거리며 얼굴을 붉혔다.

"너희 선생님들이 하루종일 등에 '미국의 송어낚시'라고 쓴 채 쿠바에 대해 가르치면 좋겠니? 그렇다면 우습겠지, 안 그러냐? 그렇게 되기를 바라지는 않겠지? 그래서는 안 되겠지, 안 그러냐?"

"그럼요." 일부는 목소리로, 또 일부는 고개를 끄덕이며 희랍 코러스처럼 대답했다. 아, 그리고 물론 거기에는 눈을 계속 깜빡거리는 깜빡이가 있었다.

"그럴 줄 알았다." 교장선생님이 말했다. "1학년 아이들은 마치 선생님들이 나를 존경하듯이 너희를 존경하고 있다. 그런 그들의 등에 '미국의 송어낚시'라고 쓰면 안 되겠지? 모두 동의하는가. 제군?"

우리는 동의했다.

교장선생님의 수법은 이렇게 매번 먹혀들어갔다.

그건 먹혀들어가야만 했다.

"좋아." 교장선생님이 말했다. "이제 '미국의 송어낚시'는 끝이 난 거다. 동의하니?"

"동의합니다."

"동의하니?"

"동의합니다."

"깜빡. 깜빡."

하지만 완전히 끝난 것은 아니었다. 왜냐하면 1학년 학생들의 옷에서 '미국의 송어낚시'가 지워지는 데는 시간이 좀 걸렸기 때문이다. 대부분의 '미국의 송어낚시'는 바로 그 다음날 사라졌다. 엄마들이 새 옷을 입혔기 때문이다. 그러나 많은 엄마들은 그 글자들을 지우려고 하다가 그냥 그 옷을 입힌 채 아이들을 학교에 보냈다. 그들의 등에는 여전히 희미하게 '미국의 송어낚시'라는 문구가 보였다. 하지만 며칠이 지나자, '미국의 송어낚시'는 마치 처음부터 그렇게 될 운명인 것처럼, 완전히 사라졌다. 그리고 1학년들 위로 쓸쓸한 가을이 내려앉았다.*

미국의 송어낚시와 FBI

✛

미국의 송어낚시에게

지난주, 일터로 가면서 시장 아래 길을 따라 내려가는 도중, 어느 상점 윈도우에 붙어 있는 FBI*의 〈10인의 현상수배〉 광고지를 보았지. 그런데 그 광고지는 양쪽 끝이 접혀 있어 글자를 다 읽을 수 없었고, 주근깨와 곱슬머리(빨간 머리?)에 면도를 깔끔하게 한 녀석의 사진이 있었단다.

수배자

리처드 로렌스 마켓

가명 : 리처드 로렌스 마켓, 리처드 루렌스 마켓

인상착의 :

26세, 1934년 12월 12일 오리건 주 포틀랜드 출생,

체중 170~180파운드, 근육질, 연갈색 짧은 머리, 푸른 눈

피부 : 홍조

인종 : 백인

국적 : 미국

직업 :   카센터 근

                                         타이어 재생 기능공

                                                측량대

징 : 6인치 탈장 흔적

른쪽 팔에 화환에 둘러싸인 '엄마'라는 문신

윗니는 모두 틀니임, 아랫니도 틀니일 가능성 있음

자주 자는 곳 : 열렬한 송어낚시꾼임

(양쪽이 접혀진 광고지에는 이렇게 씌어 있어서 더 읽을 수 없
었고, 무슨 죄명으로 수배되었는지조차 알 수 없었어.)

—친구 파드가

파드에게,

네 편지를 읽고 나니, 왜 지난주에 두 명의 FBI가 송어
하천을 감시하고 있었는지 이해할 수 있겠구나. 그들은

나무들 사이를 돌아나와 커다랗고 검은 그루터기를 돌아 깊은 연못으로 이어지는 길을 감시하고 있었어. 송어들이 연못 위로 솟아오르고 있었지. 그 FBI 요원들은 산길과 나무들과 검은 그루터기와 연못과 송어들을 마치 컴퓨터에서 나온 카드에 뚫린 구멍들인 것처럼 바라보았어. 오후의 태양은 하늘을 가로질러 가면서 모든 것을 바꾸어놓았고, 그 FBI 요원들도 태양과 더불어 변하고 있었지. 그건 마치 그들이 하는 훈련의 일부처럼 보였어.

당신의 친구,

Trout Fishing in America

워스위크 온천

✦

워스위크 온천은 별것 아니었다. 누군가가 하천을 가로질러 판자 몇 개를 갖다놓았다. 그것뿐이었다.

판자들은 하천을 댐처럼 막아 커다란 욕조 같은 것을 만들었는데, 그 위로 넘치는 물들이 마치 수천 마일 떨어진 바다가 초청한 엽서처럼 흘러가고 있었다.

이미 말한 대로, 워스위크 온천은 별것 아니었고, 큰 물결이 흐르지도 않았다. 곁에 빌딩들이 있는 것도 아니었다. 다만 욕조 근처에 낡은 구두 한 짝만 놓여 있었다.

온천수는 언덕에서 흘러내려왔는데, 그것이 흘러온 곳에는 쑥을 따라 밝은 오렌지빛 찌꺼기가 있었다. 온천수는 욕조 안으로 바로 흘러들어왔으며, 거기가 가장 팬

찮았다.

우리는 먼지 나는 도로에 주차한 후, 그곳으로 내려가 옷을 벗었다. 어린아이의 옷도 벗겨주었는데, 물에 들어갈 때까지 쇠파리들이 달려들었다.

욕조 가장자리에는 초록색의 끈적거리는 이끼 찌꺼기들이 있었고, 욕조 안에는 수십 마리의 죽은 물고기들이 떠 있었다. 그것들은 철문에 생긴 서리같이 하얗게 변해 있었다. 그들의 눈은 커다랗고 굳어져 있었다. 그 물고기들은 너무 멀리 하천을 타고 내려오다가 그만 뜨거운 물속으로 들어간 것이다. "돈을 잃어야 할 때는 잃는 법을 배우라."고 노래하면서 말이다.

우리는 물속에서 편안하게 목욕을 즐겼다. 초록색의 끈적거리는 것들과 죽은 물고기들도 우리와 같이 놀았으며, 그들은 넘치는 물을 따라 빠져나가기도 하고 우리 주위에서 서로 뒤엉키기도 했다.

아내와 둘이서 온천에서 물장구를 치다보니 슬그머니 그 생각이 났다. 나는 내 발기한 모습을 아이가 보지 못하도록 자세를 낮추었다.

나는 공룡처럼 점점 더 물속 깊숙이 들어갔고, 녹색의 끈적거리는 것들과 죽은 물고기들이 내 몸을 덮게 만들었다.

아내는 아이를 물 밖으로 내놓고 우유병을 물린 다음, 자동차로 데려갔다. 아이는 피곤해서 낮잠을 잘 시간이었다.

아내는 담요를 꺼내 온천 쪽의 차 유리를 덮었다. 아내는 담요 윗부분을 차 위에 올려놓고 돌로 고정했다. 나는 그녀가 차 옆에 서 있었던 것을 기억한다.

그러고 나서 아내는 온천으로 돌아왔다. 쇠파리들이 쫓아왔고, 내게도 달려들었다. 잠시 후 아내가 말했다. "피임기구를 안 갖고 왔는데, 어차피 물속에서는 잘되지도 않을 테니, 그냥 질외사정을 하면 안 될까?"

잠시 생각해본 다음, 나는 좋다고 대답했다. 나는 이미 오래전부터 더 아이를 갖는 것을 원하지 않았다. 녹색의 끈적거리는 것들과 죽은 물고기들이 우리 주위에 가득했다.*

나는 죽은 물고기 한 마리가 아내의 목 아래로 떠 있었던 것을 기억한다. 나는 그것이 아내의 목 뒤쪽으로 떠오르기를 기다렸고, 그것은 그쪽으로 떠올랐다.

워스위크 온천은 별것 아니었다.

그러자 나는 절정에 다다랐다. 그래서 마치 급강하해서 학교 지붕 위를 스쳐 지나가는 영화 속 비행기처럼 재빨리 그녀의 몸에서 내 몸을 빼냈다.

내 정액은 물속으로 터져나왔다. 환한 빛에 익숙하지 않아서인지, 그것은 즉시 흐릿하고 기다란 형태로 마치 유성처럼 내게서 떨어져나갔다. 죽은 물고기 한 마리가 떠내려와 흩어진 내 정액 사이로 들어갔다. 그것은 눈이 강철처럼 뻣뻣했다.

미국의 송어낚시 쇼티를
넬슨 앨그린에게 보내기

✦

미국의 송어낚시 쇼티는 지난가을 갑자기 크롬으로 도금된 멋진 휠체어를 타고 비틀거리며 샌프란시스코에 나타났다.

다리가 없는 그는 고함을 지르는 중년 남자였다.

그는 마치 구약성서의 한 장(章)처럼 노스 비치로 강림해 내려왔다. 철새들이 가을에 날아가는 것도 바로 그 사람 때문이었다. 그럴 수밖에 없었다. 그가 세상을 차갑게 바꾸어놓았기 때문이었다. 그는 달콤한 설탕을 날리는 나쁜 바람 같은 사람이었다.

그는 길가는 아이들을 세워놓고 이렇게 말하곤 했다. "나는 다리가 없어. 포트 로더데일에서 송어들이 내 다리를 잘라버렸지. 너희는 다리가 있어. 송어가 너희 다리는 자르지 않았으니까. 그러니 나를 저기 상점까지 좀 밀어다오." 그러면 아이들은 무섭고 어쩔 줄 몰라서 미국의 송어낚시 쇼티를 상점까지 밀고 가곤 했다. 그곳은 스위트 와인을 파는 상점이었다. 그는 거기서 술을 한 병 사곤 했으며, 아이들에게 다시 거리로 밀어달라고 했다. 그런 다음 그는 자기가 마치 윈스턴 처칠이나 되는 것처럼 길에서 술병을 따서 술을 마시기 시작했다.

그러다가 아이들은 드디어 미국의 송어낚시 쇼티가 오는 것을 보면 도망쳐 숨기 시작했다.

"난 지난주에 그를 밀어주었어."

"난 어제 밀어주었지."

"어서, 이 쓰레기통 뒤에 숨자."

그들은 미국의 송어낚시 쇼티가 휠체어를 타고 비틀 거리며 지나갈 때 쓰레기통 뒤에 숨곤 했다. 아이들은 그가 지나갈 때까지 숨을 죽였다.

미국의 송어낚시 쇼티는 노스 비치의 스탁턴과 그린 가에 있는 이탈리아어 신문사인 '이탈리아'에 가곤 했다. 이탈리아 노인들은 오후에 신문사 앞에 모여 건물에 기대서서는 햇살 아래서 이야기를 나누며 서서히 죽어 가고 있었다.

미국의 송어낚시 쇼티는 그들이 마치 비둘기떼라도 되는 듯이 한 손에 술병을 들고 그들 사이를 비집고 들어가서 가짜 이탈리아어로 외설적인 말을 지껄이곤 했다.

"트랄랄랄라 스파게티!"

나는 미국의 송어낚시 쇼티가 워싱턴 광장의 벤자민 프랭클린 동상 앞에서 의식을 잃는 걸 보았다. 그는 휠체어에서 앞으로 고꾸라지더니 그대로 누워 쓰러져 있었다.

큰 소리로 코를 골며.

그의 위에는 벤자민 프랭클린의 동상이 시계처럼 손에 모자를 들고 서 있었다.

그리고 그 밑에는 미국의 송어낚시 쇼티가 풀밭에 얼굴을 프라이팬처럼 묻고 엎드려 있었다.

어느 날 오후 친구와 나는 미국의 송어낚시 쇼티에 대해 이야기했다. 우리는 그를 위한 최선의 방법은 커다란 운송용 상자 속에 술 두 팩과 함께 그를 넣어서 넬슨 앨그린*에게 보내는 것이라고 결론지었다.

넬슨 앨그린은 언제나 《네온사인의 황야('술집 바닥에 비친 얼굴'에 대한 이유)》의 주인공이자, 《황야의 산보》에 나오는 도브 링크혼을 파멸시킨 '레일로드 쇼티'에 대한 소설을 썼다.*

우리는 넬슨 앨그린이 미국의 송어낚시 쇼티의 완벽한 보호자가 되리라고 생각했다. 어쩌면 박물관을 하나 시작할 수도 있으리라. 미국의 송어낚시 쇼티는 중요한 컬렉션 중 첫 물품이 될지도 모르기 때문이다.

우선 그를 운송용 상자에다 넣고 큰 표지를 붙이는 것이다.

내용물: 미국의 송어낚시 쇼티

직업: 알코올 중독자

주소: 시카고의 넬슨 앨그린

그리고 상자에는 사방에 스티커를 붙이는 것이다.

"유리/취급주의/특별 취급/유리/엎지르지 말 것/이곳을 위로/이 알코올 중독자를 천사처럼 취급할 것."

그러면 미국의 송어낚시 쇼티는 이게 지금 어떻게 돌아가는 건지 의아해하며, 소리를 질러댈 것이다. "도대체 여기가 어디냐? 어두워서 술병을 딸 수가 없다! 누가 불을 껐냐? 빌어먹을 모텔 같으니! 소변을 봐야 해! 내 열쇠는 어디 있나?"

그건 좋은 아이디어였다.

우리가 미국의 송어낚시 쇼티를 보내기로 계획한 며

칠 후, 샌프란시스코에는 폭우가 쏟아졌다.

비는 거리를 익사한 사람의 허파처럼 만들었고, 나는 서둘러 일터로 나가는 길에 교차로마다 역류하고 있는 하수도들을 보았다.

나는 미국의 송어낚시 쇼티가 필리핀 사람이 경영하는 빨래방의 앞 윈도우에 의식을 잃고 쓰러져 있는 것을 발견했다. 그는 눈을 감은 채 창밖을 응시하며 휠체어에 앉아 있었다.

그의 표정은 평온했으며, 그래서 그는 거의 인간답게 보였다. 아마도 그는 자기 뇌를 세탁기에 넣고 세탁하다가 그만 잠이 들었는지도 모른다.

몇 주일이 지났지만, 우리는 아직도 미국의 송어낚시 쇼티를 넬슨 앨그린에게 보내지 못했다. 우리는 계속 그 일을 미루고 있었다. 이것저것 핑계를 대며. 그러다가 우리는 그만 기회를 놓치고 말았다. 미국의 송어낚시 쇼티가 그 직후 사라져버렸기 때문이다.

아마도 어느 날 당국이 그를 붙잡아 유치장에 넣었거나, 아니면 정신병원에 수용했는지도 모른다.

또는 미국의 송어낚시 쇼티가 휠체어에 탄 채 고속도로를 시속 4분의 1마일로 덜컹거리며 달려 산 호세까지 갔는지도 모른다.

그에게 무슨 일이 일어났는지는 알 수 없다. 하지만 만일 그가 샌프란시스코로 돌아와 죽는다면, 내게 아이디어가 하나 있다.

미국의 송어낚시 쇼티는 워싱턴 광장에 있는 벤자민 프랭클린의 동상 바로 옆에 묻혀야 한다. 우리는 그의 휠체어를 커다란 회색 묘비 위에 세우고 거기 이렇게 새겨야 한다.

미국의 송어낚시 쇼티

세탁 20센트

건조 10센트

영원히*

20세기의 시장(市長)

✢

1887년 12월 1일 런던. 1888년 7월 7일, 8월 8일, 9월 30일, 10월 어느 날, 그리고 11월 9일. 1889년 6월 1일, 7월 17일, 그리고 9월 10일……

변장은 완벽했다.

아무도 그를 보지 못했다.* 물론 피해자들만 빼고 말이다. 오직 그들만 그를 보았다.

누가 알았으리오?

그는 미국의 송어낚시의 의상을 입고 있었다. 그는 팔꿈치에는 산(山)들을, 그리고 셔츠 칼라에는 어치새[鳥]를 입고 있었다. 그의 구두끈 주위에 엉켜 있는 백합꽃들 사이로는 깊은 계곡의 물이 흘렀다. 황소개구리가 그

의 조끼 주머니에서 울고 있었고, 대기는 잘 익은 블랙
베리 덤불의 달콤한 냄새로 가득 차 있었다.

밤에 살인을 하는 동안, 그는 미국의 송어낚시 의상으
로 자신의 모습을 감추고 있었다.

그 누가 짐작했으리오?

아무도!

영국 경찰?

(웃기네!)

경찰은 언제나 사건 현장에서 백마일 떨어진 곳에 있
었다. 넙치모자를 쓰고 먼지 속이나 뒤지면서.

아무도 알아내지 못했다.

오, 이제 그는 20세기의 시장이 되었다! 면도날과 나
이프, 그리고 4현악기가 그가 가장 좋아하는 도구가 되
었다.

물론, 4현악기여야만 했지. 아무도 그 생각은 하지 못
했지, 백성들의 내장을 갈라놓는 것을.

파라다이스에 대해

⚜

"배설에 관해 말하자면, 비록 시골의 배뇨 절차에 대
해 간단하게 언급은 하고 있지만, 당신의 글은 아쉽
게도 핵심을 빠뜨리고 있소. 잘 알다시피, 나는 캠핑
도중의 배변 문제에 늘 관심을 갖고 있소. 그런데 당
신은 그 중대한 것을 간과하고 있다고 생각하오. 다
음 글에서는 속히 좀더 자세히 언급해주기 바라겠소.
여우 굴, 인도 모자, 고무 새총, 강타, 여러 가지 구멍
들, 해충과 엉덩이와의 거리, 그리고 이전 사용자가
남긴 대변 등에 대해."

—친구가 보낸 편지에서

양떼. 파라다이스 하천에서는 모든 것에서 양 냄새가 났지만, 양은 보이지 않았다. 나는 수렵 감시원 초소 근처에서 낚시를 했는데, 그곳에는 민간 하천보존단체가 세운 거대한 석상이 서 있었다.

　그것은 추운 아침에 일어나 문 위에 고전적인 반달 모양이 새겨진 변소로 걸어가고 있는 12피트짜리 젊은이의 대리석상이었다.

　1930년대는 다시 오지 않을 것이지만, 그의 신발은 이슬에 젖어 있었다. 석상은 그 상태로 남아 있을 것이다.

　나는 늪지대로 갔다. 거기서 하천은 맥주를 많이 마셔서 나온 배처럼 부드럽게 잔디 위에 펼쳐져 있었다. 낚시는 잘되지 않았다. 여름 오리들이 날아올랐다. 그것들은 레이니어 에일 종 같은 커다란 물오리들이었다.

　나는 도요새도 보았다고 기억한다. 그 새는 마치 전기 연필 깎기에 소방전(栓)을 쑤셔넣은 다음 그것을 새에게 붙인 것 같은 커다란 부리가 있었는데, 그 새가 내 앞에서 날아갈 때 보니 그 얼굴은 오직 나를 놀라게 하려고 만들어진 것 같아 보였다.

　천천히 늪지대를 벗어나니 하천은 다시 굵어졌고, 세상에서 가장 강한 파라다이스 하천이 되었다. 바로 그때 나는 가까이에서 양떼를 보았다. 수백 마리의 양떼였다.

모든 것에서 양 냄새가 났다. 갑자기 민들레도 꽃이라기보다는 양떼처럼 보였고, 꽃잎들은 양털처럼 보였으며, 노란색으로부터 울려나오는 종소리를 들려주고 있었다. 하지만 가장 양 냄새가 난 것은 태양이었다. 해가 구름 뒤로 들어가자, 마치 노인의 보청기를 달고 서 있을 때처럼 양 냄새도 희미해졌다. 그리고 해가 다시 나타나자, 양 냄새는 커피 잔에서 일어나는 천둥처럼 다시 강해졌다.

그날 오후, 양들은 내 낚싯대 앞에서 하천을 건너갔다. 양들은 아주 가까이 지나가서 그 그림자들이 내 낚싯밥에 그늘을 드리웠다. 그래서 나는 양들의 항문에서 송어를 잡는 셈이 되었다.

칼리가리 박사의 캐비닛*

✦

한때 나는 물속에서 사는 곤충들을 연구했다. 어렸을 때, 겨울 내내 없어지지 않던 북서 태평양의 진흙 웅덩이에 대해 연구하던 기억이 있다. 그때 연구비를 탔었다.

내 책은 시어스 백화점에서 산 초록색의 고무 페이지가 달린 장화였고, 내 교실은 해변에서 가까웠다. 바로 그곳이 중요한 일들이 일어나는 곳이었고, 좋은 일들이 일어나는 곳이었기 때문이다.

때로는 시험 삼아 나는 물속을 더 잘 들여다보기 위해 진흙 웅덩이에 판자들을 깔았는데, 그래도 해변 가까이의 물처럼 잘 보이지는 않았다. 물속의 곤충들은 너무 작아서 나는 진흙 웅덩이에 두 눈을 마치 물에 빠진 오렌지처럼 집어넣어야 했다. 물 위에 떠 있는 과일에는, 예컨대 강과 호수에 떠 있는 사과와 배들에게는 로맨스가 있다. 처음에는 아무것도 볼 수 없었다. 그러더니 차츰 물속 곤충들이 보이기 시작했다.

나는 어깨에 신문뭉치를 둘러메고 있는 흰 곤충을 쫓는 커다란 이빨을 가진 검은 곤충을 보았고, 창문 근처에서 카드놀이를 하고 있는 두 마리의 흰 곤충과, 입으로 하모니카를 불고 있는 네 번째 흰 곤충도 보았다.

나는 그 진흙 웅덩이가 마를 때까지 그것들을 연구하는 학자 노릇을 하다가, 이윽고 길고 덥고 먼지 나는 길 옆에 있는 오래된 과수원에서 1파운드에 2.5센트씩 받고 체리를 땄다.

과수원의 주인은 오클라호마 농촌 출신 토종 중년 여인이었다. 바보처럼 보이는 통옷을 입고 있는 그녀의 이름은 레블 스미스였다. 그녀는 오클라호마에 살 때 '프리티 보이' 플로이드의 친구였다. "나는 어느 날 오후, '프리티 보이'가 자기 차를 몰고 온 것을 기억한다. 나는 현관으로 달려갔다."

레블 스미스는 늘 담배를 피우고 있었다. 그녀는 체리 따는 법을 가르쳐준 뒤 일꾼들을 체리나무로 보냈으며, 모든 것을 셔츠 주머니에 넣고 다니는 작은 공책에 적었다. 그녀는 담배를 절반만 피운 다음 남은 반 토막을 땅에 버렸다.

체리를 따던 첫 며칠 동안 나는 변소 근처와 나무 주위와 과수원 사방에 널려 있는 반쯤 피우다 만 담배꽁초들을 보았다.

그러다가 작업 진척이 느려지자, 그녀는 여섯 명의 건달을 고용해 체리를 따게 했다. 매일 아침 그녀는 빈민가 골목에서 건달들을 낡은 트럭으로 실어 날랐다. 언제나 여섯 명의 건달들이 일을 했지만, 때로는 다른 얼굴들로 바뀌기도 했다.

그들이 체리를 따러 온 후로, 나는 이제 그녀가 던진 반쪽짜리 담배를 볼 수 없었다. 담배꽁초들은 땅에 떨어지기도 전에 이미 없어지곤 했다. 이제 돌이켜보건대, 레블 스미스는 진흙 웅덩이를 싫어하는 사람이라고 할 수도 있었다. 그러나 꼭 그렇다고 볼 수도 없었다.

솔트 하천의 코요테들

✤

고고하고 외롭고 변함없는 것, 그들에게 그런 짓을 한 것은 골짜기에 있는 양의 냄새였다. 오후 내내 나는 비를 맞으며 솔트 하천의 코요테 울음소리를 듣고 있었다.

계곡에서 풀을 뜯고 있는 양들의 냄새가 그들에게 그런 짓을 했다. 그것들의 목소리는 계곡을 적시며 내려와 여름 별장들을 지나간다. 그것들의 목소리는 산을 타고 내려와 살아 있거나 죽은 양들의 뼈를 지나 흐르는 하천이다.

"오, 솔트 하천에는 코요테들이 있음."이라고 산길의 표지판에는 씌어 있다. "코요테들을 죽이기 위해 하천 주위에 뿌려놓은 사이나이 극약 캡슐을 조심할 것. 당신이 코요테가 아니라면 그것들을 주워 먹지 말 것. 손대지 말 것."

표지판에는 스페인어로도 같은 말이 씌어 있었다.

하지만 러시아어로는 씌어 있지 않았다.

나는 술집에서 한 늙은이에게 그 사이나이 캡슐에 대해 물어보았는데, 그 노인은 그 극약이 권총과도 같다고 말해주었다. 사람들이 사이나이에다가 코요테*가 좋아하는 냄새를 (아마도 암컷 코요테의 냄새를) 뿌려놓았기 때문에, 코요테가 와서 냄새를 맡으면 그 순간 꽝! 하고 죽는다는 것이다.

나는 솔트 하천으로 가서 점박이에다가, 보석상에서 볼 수 있는 뱀처럼 날씬한 멋진 돌리 바든 송어 한 마리를 잡았다. 하지만 잠시 후에는 다만 샌 쿠엔틴 형무소의 가스 처형실만 생각나는 것이다.

오, 카릴 체스만*과 알렉산더 로빌라드 비스타스! 멋진 배관과 고급 카펫이 깔린 침실 세 개짜리 집의 대지 이름 같은 사람들이여!

그런 다음, 사형은 솔트 하천에 있는 내게로 왔다. 사형, 기차가 지나가고 철로에 더는 진동이 없을 때 철길에서 노래도 없이 주(州)가 집행하는 사형 말이다. 그들은 그 솔트 하천에서 빌어먹을 사이나이를 먹고 죽은 코요테의 머리를 잘라서 속을 긁어내고 햇볕에 말린 다음, 이빨들이 위를 둘러싸고 그 사이로 녹색 불빛이 빛나는 왕관을 만드는 작업을 한다.

그리고 증인들과 신문기자들과 가스 처형실의 하수인들은 코요테 왕관을 쓴 왕이 그들 앞에서 죽고, 솔트 하천에서 시작된 안개비가 산을 타고 내려오듯이, 가스 처형실에서 피어오르는 가스를 바라보아야만 할 것이다. 여기는 이틀 동안이나 비가 내리고 있고, 나무들 사이로는 심장이 고동을 멈춘다.

꼽추 송어

그 하천은 빽빽이 자라난 작은 나무들 때문에 폭이 좁았다. 그 하천은 빅토리아풍의 높은 천장이 있는데다가 앞문이 다 떨어져나가고 뒷문은 부서진 채 줄지어 늘어서 있는 12,845개의 공중전화부스처럼 보였다.

가끔 그곳에서 낚시를 할 때면 나는 비록 그렇게 보이지는 않았지만, 내가 마치 전화 수리공인 것처럼 느껴졌다. 나는 단지 낚시도구를 둘러멘 어린아이일 뿐이었지만, 거기 가서 낚시질을 함으로써 전화 통화를 가능하게 해주었기 때문이다. 결국 나는 사회에 공헌하는 소중한 인적 자산이었던 셈이다.

그것은 즐거운 일이었지만, 때로 그것은 나를 불안하

게 하기도 했다. 하늘에 구름이 있고, 그 구름들이 태양을 향해 다가가면 하늘은 즉시 어두워질 수 있었다. 그러면 촛불을 켜놓고 낚시를 해야 했으며, 낚시찌에 쥐불을 달아야 했다.

한번은 내가 거기 있을 때 비가 오기 시작했다. 날은 어두웠으며, 덥고 습했다. 나는 물론 예정보다 지체하고 있었다. 그러나 나는 그것을 나에게 유리하게 이용했다. 그래서 십오분 동안 송어를 일곱 마리나 잡았다.

그 전화 부스에 있는 송어들은 좋은 놈들이었다. 거기에는 시내 전화에 맞게 6에서 9인치 정도 되는, 어리고 작아서 프라이팬에 꼭 맞는 크기의 컷스롯 송어들이 있었고, 장거리 전화에 맞게 11인치나 되는 큰놈들도 있었다.

나는 언제나 컷스롯 송어들을 좋아했다. 그것들은 격렬하게 저항했으며, 하천 바닥으로 도망쳤고 펄쩍펄쩍 뛰어올랐다. 그것들은 목 아래로 잭 더 리퍼의 오렌지색 깃발을 휘날렸다.

그 하천에는 또한 고집 센 무지개송어들도 있었다. 그들은 잘 알려지지는 않았지만, 공인회계사들처럼 모두 똑같았다. 나는 가끔 그것들을 잡곤 했다. 그것들은 살쪘고 뚱뚱했으며, 몸길이만큼이나 넓었다. 그 송어들은

'향사(鄕士, 시골 선비)' 송어라고 불렀다.

그 하천까지는 한 시간가량 걸렸다. 그 근처에는 강이 하나 있었다. 별볼일없는 강이었다. 나는 하천으로 출근했다. 시계 위에 내 카드를 올려놓고 있다가 집에 갈 시간이 되면 다시 하천에서 퇴근했다.

나는 꼽추 송어*를 잡던 때를 기억하고 있다.

그때 어느 농부가 나를 트럭에 태워주었다. 그는 콩밭 근처 신호등에서 나를 태워주었으며, 내내 한마디 말도 없었다.

나를 태우고 가는 것은 그에겐 마치 헛간 문을 닫는 것처럼 말이 필요 없는 자동적인 일 같았다. 나는 시속 35마일로 달리는 차 속에서 눈앞에 스쳐 지나가는 집들과 관목들과 닭들과 우편함들을 바라보았다.

한동안 인가가 보이지 않았다.

"여기서 내리겠습니다." 내가 말했다.

농부는 고개를 끄덕였고, 트럭이 멎었다.

"고맙습니다." 내가 말했다.

농부는 마치 메트로폴리탄 오페라 오디션을 망치지 않으려는 것처럼 아무런 소리도 내지 않았다. 그는 다만 고개만 다시 한번 끄덕였을 뿐이었다. 트럭은 다시 움직이기 시작했다. 그 사람이야말로 말이 없는 농부의 전형이었다.

잠시 후 나는 하천에 이르러 출근부를 찍었다. 나는 시계 위에 내 출퇴근 카드를 올려놓고 전화 부스의 기나긴 터널로 들어갔다.

나는 약 73개의 전화 부스를 통과했다. 나는 마차 바퀴처럼 보이는 작은 구멍에서 송어 두 마리를 잡았다. 그건 내가 가장 좋아하는 구멍 중 하나였고, 거기에는 늘 송어 한두 마리는 있었다.

나는 언제나 그 구멍을 연필 깎기 구멍으로 생각했다. 낚시의 찌를 드리우면 송어는 잘 낚였다. 약 2년 동안 나는 그 구멍에서 50마리의 송어를 낚았다. 비록 그 구멍이 마차 바퀴 크기만 한 작은 것이긴 했지만.

나는 연어 알로 낚시를 하고 있었으며, 1과 1/4파운드의 어깨걸이가 달린 사이즈 14 싱글 에그 낚싯바늘을 썼다. 내 낚시바구니에 있는 두 마리의 송어는 전화 부스의 젖은 벽에 의해 부드럽고 흐물흐물해진 녹색식물로 덮여 있었다.

그 다음으로 좋은 낚시 장소는 45개의 전화 부스 안이었다. 그곳은 해조류로 덮여 미끄러운 갈색 자갈밭 끝에 있었다. 그 자갈밭은 점점 드문드문해지더니, 하얀 바위들이 있는 작은 모래톱에서 사라졌다.

그 바위 중 하나는 좀 이상했다. 그것은 납작한 흰 바위였다. 다른 바위들에서 홀로 떨어져나온 그 바위는 내가 어릴 적에 본 고양이처럼 보였다.

그 고양이는 워싱턴 주 타코마의 언덕 옆을 따라 나 있던 나무로 된 보도에 떨어졌거나 누군가에 의해 집어 던져졌다. 그 고양이는 아래 주차장에 죽은 채로 있었다.

떨어진 고양이는 납작해졌고, 사람들은 그 고양이 위에 주차했다. 물론 그건 오래전 이야기이고, 그 자동차들도 지금과는 다르게 생겼다.

이제는 그런 차들은 거의 볼 수가 없다. 오래된 차들이어서 말이다. 그것들은 속도를 낼 수 없어서 고속도로에서 사라졌다. 다른 바위들로부터 떨어진 그 납작한 흰 바위는 12,845개의 전화 부스 사이의 하천에 온 나에게 그 죽은 고양이를 연상하게 해주었다.

나는 연어알 낚시를 던져서 그 바위 너머로 흘러가게 했다. 그러자 '꽝' 하고 송어가 물었다!

나는 그놈을 잡아 올렸는데, 그놈은 용을 쓰며 하류로 도망치려 했고, 비스듬히 몸을 틀어 물속으로 들어가려 했으며, 온 힘을 다해 낚싯줄을 팽팽하게 잡아당겼다. 그러다가 그 송어는 물 위로 뛰어올랐는데, 나는 잠시 그놈이 개구리인가 의아해했다. 그런 물고기는 처음이었다.

빌어먹을! 제기랄!

그놈은 다시 깊숙이 물속으로 들어갔고, 나는 그놈의 생명력을 손끝으로 느낄 수 있었다. 낚싯줄은 마치 소리를 내는 것처럼 느껴졌다. 그건 마치 빨간 경광등을 번쩍이는 구급차의 사이렌 소리가 내게 정면으로 달려들다가 사라지면서, 공중으로 솟아올라 공습경보로 바뀌는 것 같은 느낌이었다.

그 물고기는 몇 번 더 뛰어올랐다. 아직도 개구리 같았지만 다리는 없었다. 그러다가 그놈은 힘이 빠져 몸짓이 서투르게 되었고, 나는 낚싯줄을 휘둘러 그놈을 하천 수면 위로 끌어올린 다음 바구니에 넣었다.

그놈은 등에 커다란 혹이 달린 12인치나 되는 무지개 송어였다. 곱추 송어. 그렇게 생긴 송어는 처음이었다. 그 혹은 아마 어렸을 때 생긴 상처 같았다. 아마 말에게 밟혔거나, 태풍에 쓰러진 나무가 덮쳤거나, 아니면 다리를 놓고 있는 공사장에 제 엄마가 알을 낳았거나, 그중하나일 것이다.

그 송어에겐 좋은 점도 있었다. 나는 그 송어로 데스마스크를 만들면 좋겠다고 생각했다. 그놈의 몸이 아닌,

에너지로 말이다. 그놈의 몸이 왜 그렇게 생겼는지 이해할 수 있는 사람이 있을는지 모르겠다. 나는 그놈을 내 바구니에 넣었다.

오후에 전화부스의 모퉁이가 어두워졌을 때, 나는 하천에서 퇴근해서 집으로 돌아왔다. 나는 그 꼽추 송어를 저녁으로 먹었다. 옥수수 가루로 싸고 버터를 발라 프라이한 그 혹은 마치 에스메랄다*의 키스처럼 달콤했다.

테디 루스벨트 칭가더*

✦

챌리스 국유림(國有林)은 1908년 7월 1일 시어도어 루스벨트 대통령의 명령에 의해 만든 것이다. 과학자들에 의하면, 2천만 년 전에는 발가락이 세 개인 말이나 낙타들, 그리고 아마도 코뿔소들이 이 지역을 누비고 다녔을 것이라고 한다.

이제부터 하려는 이야기는, 챌리스 국유림에서 내게 일어난 역사의 일부분이다. 그때 우리는 맥콜에서 아내의 모르몬교도 친척들과 잠시 같이 지내다가 로우만을 거쳐 그곳으로 갔다. 맥콜에서 우리는 모르몬교도들로부터 '영혼의 감옥'에 대해서는 배웠지만 오리 호수는 발견할 수 없었다.

나는 아이를 데리고 산에 올라갔다. 팻말에는 1과 1/2 마일이 남았다고 씌어 있었다. 도로 위에는 녹색 스포츠 카가 한 대 주차해 있었다. 오솔길을 따라 한참 올라갔을 때, 우리는 스포츠카용 녹색 모자를 쓴 남자와, 가벼운 여름옷을 입고 있는 여자와 마주쳤다.

여자의 옷은 둘둘 말린 채로 무릎 위까지 올라가 있었는데, 그녀는 우리가 올라오는 것을 보고 재빨리 옷을 밑으로 내렸다. 그 남자의 뒷주머니에는 술병이 하나 꽂혀 있었다. 술은 기다란 녹색 병에 담겨 있었다. 그것이 주머니 밖으로 삐죽 빠져나온 모습은 매우 우스꽝스러웠다.

"'영혼의 감옥'까진 얼마나 더 가야 합니까?" 내가 물었다.

"이제 반쯤 오신 셈입니다." 그가 대답했다.

여자는 미소를 지었다. 그녀는 금발이었다. 그들은 산을 타고 아래로 내려갔다. 마치 한 쌍의 생일축하 공처럼 그들은 나무들과 바위들을 헤치며 통통 튀듯 아래로 내려갔다.

나는 커다란 나무그루터기 뒤의 움푹 파인 곳을 덮고 있는 눈더미 위에 아이를 내려놓았다. 아이는 눈 속에서 뛰놀며 눈을 집어먹기 시작했다. 나는 기억하고 있다. 대법원 판사인 윌리엄 O. 더글러스가 쓴 책의 한 구절을. '눈을 먹지 마십시오. 그것은 당신의 건강에 좋지 않습니다. 눈은 복통을 일으킬 것입니다.'

"눈 먹지 마!" 나는 아이에게 소리질렀다.

아이를 어깨에 태운 채 나는 '영혼의 감옥'을 향해 계속 올라갔다. 그곳은 모르몬교를 믿지 않는 모든 사람이 죽었을 때 가는 곳이다. 가톨릭교도, 불교도, 이슬람교도, 유대교도, 침례교도, 감리교도, 그리고 국제 보석 도둑들 모두가 다 가야 하는 곳이다. 모르몬교도가 아닌 사람들은 누구나 '영혼의 감옥'으로 가게 되어 있다.

팻말에는 목적지까지 1과 1/2마일이 남았다고 씌어 있었다. 길은 따라가기 쉽게 나 있었는데, 갑자기 딱 끊어져버렸다. 그래서 우리는 하천 근처에서 길을 잃어버리고 말았다. 나는 사방을 둘러보았고, 하천 양편을 세심히 살펴보았다. 그러나 길은 사라졌고 흔적조차 보이지 않았다.

우리가 여전히 살아 있다는 사실이 그 일과 어떤 연관이 있는 것일까? 실로 알 수 없는 일이었다.

우리는 방향을 돌려 다시 산을 내려가기 시작했다. 아까 보았던 그 눈더미가 보이자 아이는 그것을 잡으려고 손을 뻗치면서 울어댔다. 하지만 멈추어 설 시간이 없었다. 날은 이미 어두워지고 있었다.

우리는 차를 타고 방향을 돌려 맥콜로 향했다. 그날 저녁 우리는 공산주의에 관해 이야기를 나누었다. 모르몬교도 소녀가 솔트레이크 시의 전 경찰국장이 쓴 《공산주의자의 실체》라는 책의 한 구절을 우리에게 큰 소리로 읽어주었다.*

아내는 그 소녀에게, 만약 그녀가 그 책을 일종의 종교적인 경전으로 간주한다면, 그 책이 성령(聖靈)의 영향을 받아 씌어졌다고 믿는지를 물어보았다.

소녀의 대답은 '아니오'였다.

나는 맥콜의 한 상점에서 정구화 한 켤레와 양말 세 켤레를 샀는데, 양말에는 상품보증서가 달려 있었다. 나는 그것을 잘 간직해두려고 했다. 하지만 나는 그것을 주머니 속에 넣었다가 곧 잃어버리고 말았다. 그 상품보증서에는 만약 3개월 이내에 어떤 이상이 생기면 새것으로 바꿔주겠다는 내용이 적혀 있었다. 그것은 바람직해 보였다.

나는 헌 양말들을 세탁한 후, 거기에다 상품보증서를 달아서 우편으로 부치려고 했다. 그러면 새 양말들이 내 이름이 적힌 소포 속에 포장된 채 보내져 올 것이었다.

그럼 나는 그 소포를 풀고, 새 양말을 꺼내 신으면 될 것이다. 그것은 내 발에 아주 잘 맞을 것이다.

그 상품보증서를 잃어버리지 않았더라면 참 좋았을 텐데. 그건 참으로 낭패였다. 나는 새 양말들이 자손 대대로 물려줄 가보(家寶)가 되지 못하게 된 이 엄연한 현실을 받아들여야만 했다. 상품보증서를 잃어버려서 그렇게 되고 만 것이다. 모든 후대 자손들은 이제 스스로 자급자족해야 할 상황에 처했다.

그 상품보증서를 잃어버린 바로 다음날 우리는 맥콜을 떠났다. 우리는 페이엣의 노스 포크의 진흙탕 물을 따라 내려온 다음, 사우스 포크의 맑은 물을 따라 올라갔다.

우리는 로우만에서 잠깐 쉬며 딸기 쉐이크를 마셨다. 그리고 클레어 하천을 따라 산길로 차를 몰고 들어가, 산 정상을 넘어 베어 하천으로 향했다.

베어 하천으로 가는 길에는 나무마다 이런 팻말이 붙어 있었다. '이 하천에서 낚시질을 하면 머리를 때릴 것임.'

나는 머리를 맞고 싶지는 않았다. 그래서 낚시도구를 차 안에 그대로 놓아두었다.

우리는 양떼를 보았다. 아이는 원래 털이 많은 동물을

보면 소리를 지른다. 그 애는 제 엄마와 내가 알몸으로 있는 것을 볼 때에도 그런 소리를 낸다. 아이는 이번에도 역시 그런 소리를 냈다. 우리는 비행기가 구름을 헤치고 날아가듯 그렇게 양떼 밖으로 차를 몰아 빠져나갔다.

그로부터 5마일쯤 더 달려서 우리는 드디어 챌리스 국유림에 들어섰다. 밸리 하천을 따라 차를 몰면서, 우리는 난생처음으로 소투스 산맥을 보았다. 소투스 산맥은 구름에 싸여 있었다. 비가 올 것 같았다.

"스탠리에는 비가 오는 것처럼 보이는데." 스탠리에 와본 적은 없었지만, 나는 그렇게 생각되어서 말했다. 사실 그곳에 가본 적이 전혀 없다 할지라도, 스탠리에 관해 무엇인가를 말하는 것은 누구에게나 쉬운 일이었다. 우리는 불 트라우트 호수로 통하는 도로를 바라보았는데, 그 도로는 매우 좋아 보였다. 스탠리에 당도해서 보니, 거리는 마치 밀가루 포대를 가득 실은 트럭이 묘지와 고속으로 충돌한 것처럼 온통 하얗고 메말라 있었다.

우리는 스탠리의 한 상점 앞에 차를 세웠다. 나는 캔디 바를 하나 샀다. 그리고 쿠바에서는 요즘 송어낚시가 어떠냐고 물어보았다. 그 순간 상점 여자는 나에게 버럭

소리를 질렀다.

"죽어버려, 이 공산당 후레자식아." 나는 종합소득 신고 때 사용하기 위해 캔디 바 영수증을 받아 넣었다.

그 상점에서는 낚시에 관한 아무런 이야기도 알아낼 수가 없었다. 사람들은 온통 신경을 곤두세우고 있었으며, 작업복을 입은 한 청년은 특히 더 심했다. 그 젊은이는 정말로 신경이 날카로워져 있었다.

우리는 길 건너 레스토랑으로 갔다. 나는 햄버거를 먹었고, 아내는 치즈버거를 먹었으며, 아이는 세계 박람회장의 박쥐처럼 원을 그리며 뛰놀았다.

그곳에는 10대 초반, 또는 어쩌면 이제 겨우 열 살 정도밖에 안 된 소녀가 한 명 있었다. 립스틱을 바른 그녀는 목소리가 매우 높았고, 남자애들을 의식하고 있는 것 같았다. 그녀는 레스토랑의 현관 앞을 쓸면서 재미있어 하고 있었다.

그녀가 다시 안으로 들어왔다. 그리고 아이와 함께 사방을 뛰어다니며 놀았다. 그녀는 금방 아이와 친해졌고, 목소리를 낮추어 아이에게 부드럽게 말을 걸었다. 그녀는 우리에게 자기 아버지는 심장마비로 쓰러져 아직도 자리에 누워 있다고 말했다. "아버지는 일어나서 돌아다니지도 못하세요."

우리는 커피를 좀더 마셨다. 나는 모르몬교도들에 대해 생각해보았다. 바로 그날 아침, 우리는 그 집에서 커피를 마신 후 그들에게 작별인사를 했다.

커피냄새는 거미줄처럼 그 집에 퍼져 있었다. 마음을 아늑하게 해주는 좋은 향기는 아니었다. 그것은 종교적 명상이나 솔트레이크*에서 행해지는 예배에 대한 생각, 또는 일리노이 주나 독일의 고대 서류들 속에서 발견된 죽은 친척들에 대한 생각을 불러일으키지는 않았다.

그 모르몬교도 여자는 우리에게 이렇게 말했다. 그녀가 솔트레이크의 예배당에서 결혼식을 올리고 있었을 때, 의식이 시작되기 직전 모기 한 마리가 자신의 손목을 물었으며, 퉁퉁 부어오른 손목은 사람들에게 공포심을 일으킬 정도로 엄청나게 커졌다. 그것은 맹인이 레이스로 눈을 가린 채 보아도 충분히 볼 수 있을 정도였다. 그래서 그녀는 매우 당황했다.

그녀는 솔트레이크의 모기들에게 일단 물리기만 하면 항상 퉁퉁 붓게 된다고 했다. 그녀는 이런 얘기도 했다. 작년에 자기는 죽은 친척을 위한 추모예배에 참석하고 있었는데, 바로 그때 모기가 그녀를 물어 또 온몸이 퉁퉁 부어올랐다는 것이다.

"전 정말 미칠 것 같았어요." 그녀는 말했다. "마치 풍

선처럼 걸어다녀야 했으니까요."

우리는 커피잔을 놓고 일어섰다. 스탠리에는 비가 한 방울도 오지 않았다. 해가 지기 약 한 시간 전이었다.

우리는 스탠리에서 4마일쯤 떨어져 있는 빅 레드피시 호수로 차를 몰았다. 빅 레드피시 호수는 아이다호에 있는 야영지인데, 그곳은 캠핑하기에는 더없이 쾌적한 장소였다. 그곳에는 야영하는 사람들이 많았으며, 그들 중 몇몇은 매우 오랫동안 야영을 계속해온 것처럼 보였다.

우리는 빅 레드피시 호수에서는 야영을 하지 않기로 했다. 거기서 야영을 하기엔 우리는 너무 젊었으며, 게다가 비용도 삼류호텔처럼 하루에 50센트 그리고 일주일에 3달러를 받았고, 특히 사람들이 너무 많이 몰려 있었다. 거기엔 엄청나게 많은 트레일러와 캠프용 차들이 주차해 있었다. 뉴욕에서 온 어떤 가족이 엘리베이터 자리에 방이 열 개나 있는 대형 트레일러를 주차해놓았기 때문에 우리는 엘리베이터조차 이용할 수 없었다.

세 명의 아이들이 술을 마시며, 한 노파의 다리를 잡아끌며 지나갔다. 그 노파의 다리는 똑바로 뻗은 채 딱딱하게 굳어 있었고, 엉덩이는 계속해서 카펫에 부딪히고 있었다. 아이들은 이미 꽤 취해 있었고, 노파 또한 제정신이 아니었다. 그녀는 마구 헛소리를 질러대고 있었다. "남북전쟁이 또 일어나라고 해! 난 준비가 다 되어 있으니까!"

우리는 리틀 레드피시 호수로 내려갔다. 그곳 야영지는 아무도 사용하지 않는 것 같았다. 많은 사람이 빅 레드피시 호수로 몰려들었기 때문에, 실제로 이곳엔 사람들이 거의 없었다. 이곳은 문자 그대로 텅 비어 있었다.

우리는 이곳 야영지에 혹시 무슨 이상이 있는 건 아닐까 하는 의심마저 들었다. 예를 들어, 야영지에서 유행하는 일종의 전염병—즉 당신의 캠핑장비, 당신의 차, 당신의 성기 등을 모두 낡은 돛처럼 조각조각 찢어놓는 어떤 명백하고 확실한 파괴적인 힘—이 불과 며칠 전에 이곳 야영지를 휩쓸었으며, 지금 이곳에 남아 있는 몇몇 사람들은 단지 그러한 사실을 전혀 모르고 있기 때문에 여기에 머물러 있는 것이라는 생각이 들었다.

그러나 우리는 그곳에 있는 사람들과 가까이 합세했다. 이곳 야영지에서 바라보는 산의 경치는 매우 아름다웠다. 우리는 호숫가 바로 위쪽으로 아주 괜찮아 보이는 곳에 자리를 잡았다.

제4캠프 장소에는 난로가 하나 있었다. 그것은 시멘트 받침대 위에 놓인 정사각형의 금속상자였다. 그 상자 위에는 난로 파이프가 하나 있었는데, 그 파이프에는 전혀

총알 구멍이 없었다. 나는 깜짝 놀랐다. 우리가 아이다
호에서 본 거의 모든 캠프난로들에는 총알 구멍이 수도
없이 많이 나 있었다. 기회가 주어진다면, 거의 모든 사
람들이 숲 속에서 낡은 난로를 향해 총을 쏘고 싶어하는
것은 어쩌면 당연한 일이라고 생각한다.

제4캠프 장소에는 우스꽝스러운 정사각형의 렌즈가
끼워져 있는, 벤자민 프랭클린의 낡은 안경처럼 벤치들
이 딸려 있는 커다란 목재 식탁이 하나 있었다. 나는 소
투스 산맥을 마주보며 왼쪽 렌즈 위에 걸터앉았다. 난시
(亂視)에라도 걸린 것처럼, 나는 마음이 편했다.

'미국의 송어낚시 쇼티를 넬슨 앨그린에게 보내기'에 대한 각주 장(章)

⚜

자, 미국의 송어낚시 쇼티가 다시 돌아왔다. 하지만 예전 같지는 않을 것이다. 이제는 미국의 송어낚시 쇼티가 유명해졌기 때문에 예전의 좋은 시절은 다 지나갔다. 그가 영화에 출연하게 된 것이다.

지난주 〈뉴 웨이브〉는 그를 휠체어에서 빼내어 자갈이 깔린 골목에 눕혀놓고, 영화를 몇 커트 찍었다. 그는 야단법석을 떨었으며, 그들은 그것을 필름에 담았다.

아마도 나중에, 그건 다른 목소리로 더빙될 것이다. 그것은 인간에 대한 인간의 비인간적 행위를 고발하는 고상하고 유창한 목소리일 것이다.

"미국의 송어낚시 쇼티, 내 사랑."

그의 독백은 이렇게 시작된다.

"나는 한때 '메뚜기 니진스키'로 알려진 미국의 유명한 댄서였다. 나는 아무것도 부럽지 않았다. 아름다운 금발 아가씨들이 어디를 가나 나를 따라다녔다." 그들은 가능한 모든 것을 짜낼 것이고, 별것 아닌 것을 돈도 별로 들이지 않고 그럴듯하게 포장할 것이다.

하지만 내가 틀릴 수도 있다. 그들이 찍는 것은 어쩌면 〈외계에서 온 미국의 송어낚시 쇼티〉라는 SF영화인지도 모른다. 미친 과학자들은 결코 신을 흉내 내서는 안 된다는 주제의 영화들, 마지막에 옛 성이 불타고 많은 사람이 어두운 숲을 지나 집으로 돌아가는 그런 싸구려 스릴러영화 말이다.

스탠리 유역의 푸딩 전문가

✢

나무와 눈과 바위는 우리에게 새로운 시작을, 그리고 호수 뒷산은 우리에게 영원을 약속해주었지만, 호수는 호숫가에서 헤엄치고 있는, 그래서 맥 새닛*의 영화에 오래 출연하고 있는 수천 마리의 피라미들로 가득 차 있었다.

피라미들은 아이다호 관광객들의 관심거리였다. 그것들은 사실 국보급 유적이 되어야 했다. 호숫가에서 헤엄치고 있는 피라미들은 아이들처럼 스스로 불멸을 믿었다. 몬태나 공대 3학년 학생이 피라미들을 잡으려고 했지만 제대로 된 방법을 몰라 실패했고, 독립기념일에 온 아이들도 마찬가지였다.

아이들은 호수로 저벅저벅 걸어가 손으로 피라미를 잡으려 했다. 그들은 우유팩과 비닐백으로 잡으려고도 했다. 그들은 여러 시간 동안 호숫가에서 노력했지만, 겨우 한 마리밖에는 잡지 못했다. 아이들의 엄마가 콜먼 스토브에다가 달걀을 프라이하고 있는 동안, 그 피라미는 탁자 위에 놓아둔 물통에서 튀어나와 물기 섞인 숨을 내뿜다가 테이블 밑에서 죽어버렸다.

엄마는 사과했다. 그녀는 물고기를 잘 지켜봐야 했다. "이건 내 잘못이야." 하며 엄마는 죽은 물고기의 꼬리를 잡고 있었는데, 그 물고기는 애들라이 스티븐슨에 대해 조크를 하는 젊은 유대계 코미디언처럼 모두로부터 절을 받고 있었다.

몬태나 대학의 그 공대 3학년생은 깡통에 정교한 구멍을 뚫었는데, 그 구멍들은 소화전을 물고 맴도는 개처럼 계속해서 원을 그리고 있었다. 그런 다음, 그는 깡통에 줄을 매달고 그 안에 커다란 연어알과 스위스 치즈 한 조각을 넣었다. 그러나 송어를 잡기 위한 두 시간 동안의 필사적인 노력이 실패로 돌아가자, 그는 몬태나 주미졸라로 돌아갔다.

아내는 피라미를 잡는 최선의 방법을 찾아냈다. 그녀는 바닐라 푸딩 찌꺼기가 말라붙어 있는 커다란 프라이

팬을 사용했다. 그녀가 그 팬을 얕은 물에 넣자 삽시간에 수백 마리의 피라미들이 달려들었다. 그것들은 바닐라 푸딩에 현혹되어 마치 청소년 십자군처럼 팬 속으로 돌진해 들어갔다. 아내는 단 한 번의 시도로 스무 마리를 잡았다. 그녀는 피라미가 가득 담긴 팬을 물가에 놓았으며, 아이는 한 시간가량 피라미들을 갖고 놀았다.

우리는 아이가 피라미들을 위협만 하는지 지켜보았다. 아이가 아직 어렸기 때문에, 우리는 아이가 벌써부터 물고기를 죽이는 것을 원치 않았다.

아이는 곧 동물과 물고기의 차이점을 알아내고는, 동물을 달랠 때 내는 부드러운 소리 대신 물고기들을 향해 맑은 은빛 소리를 냈다.

아이는 물고기를 한 마리 잡은 다음 한참 그것을 들여다보았다. 우리는 아이의 손에서 물고기를 빼앗아 도로 팬에 놓았다. 그러자 잠시 후부터는 아이가 직접 물고기를 프라이팬에 돌려놓기 시작했다.

그러다가 아이는 이 일에 싫증을 냈다. 아이가 팬을 뒤집자, 열두 마리가량의 피라미들이 물가로 떨어졌다. 아이들의 놀이와 은행원의 놀이, 아이는 그 은빛 나는 물고기들을 한 번에 한 마리씩 잡아 프라이팬 위에 올려놓았다. 팬에는 아직 물기가 좀 있었고, 물고기들은 물론 그 물을 좋아했다.

아이가 싫증을 내자, 우리는 피라미들을 호수에 도로 놓아주었는데, 그것들은 모두 활기찬 모습이었지만 예민해져 있었다. 그것들이 앞으로도 바닐라 푸딩을 좋아하는지 모르겠다.

호텔 '미국의 송어낚시' 208호

✤

브로드웨이와 콜럼버스 가에서 반 블록 정도 떨어진 곳에 아주 싸구려 호텔인 미국의 송어낚시 호텔이 있다. 매우 낡은 이 호텔은 몇몇 중국인들이 경영하고 있다. 그들은 젊고 야심만만한 중국인들이며, 호텔 로비는 라이졸(방향성 가구 광택제) 냄새로 꽉 차 있다.

라이졸은 마치 자기도 또 하나의 고객인 것처럼, 〈크로니클〉지의 스포츠란을 읽고 있는 손님처럼, 꽉 들어차 있는 가구 위에 앉아 있다. 그 가구는 내가 일생을 통해 본 것 중 유일하게 유아식(幼兒食) 같아 보인다.

라이졸은 한 늙은 이탈리아인 연금수령자 곁에서 졸며 앉아 있다. 그 이탈리아인은 시계의 똑딱거리는 소리를 들으며 영원의 황금빛 파스타와, 달콤한 베이질(향료용 식물)과 예수에 대해 꿈꾸고 있다.

중국인들은 늘 호텔을 개조하고 있다. 어떤 주에는 아래층의 난간을 새로 칠하고, 그 다음주에는 3층의 일부를 새로 도배한다.

3층의 내부를 아무리 여러 번 지나다닌다고 할지라도 여러분은 벽지의 색이나 디자인을 기억할 수 없을 것이다. 여러분이 알 수 있는 것은 단지 그 부분의 벽지가 새것이라는 사실뿐일 것이다. 그것은 분명 이전의 벽지와는 다르다. 그러나 여러분은 또한 이전의 벽지가 어떤 것이었는지를 기억해낼 수 없을 것이다.

어느 날, 중국인은 어떤 방에서 침대를 하나 꺼내 그것을 벽에 기대어 세워둔다. 한 달 남짓 침대는 그렇게 그곳에 머물러 있다. 그것을 바라보는 데 익숙해질 즈음, 당신은 그곳을 지나가다가 그 침대가 없어졌다는 사실을 발견하게 된다. 당신은 도대체 그것이 어디로 사라졌는지 매우 궁금할 것이다.

나는 내가 처음으로 미국의 송어낚시 호텔에 들어갔던 때를 기억한다. 그때 나는 어떤 사람들을 만나기 위해 친구와 함께 그곳에 갔었다.

"그들이 어떤 사람들인지 얘기해주지." 친구가 말했다.

"여자는 예전엔 매춘부였는데, 요즈음은 전화국에서 일하고 있어. 남자는 경제공황 때 잠시 의과계통의 학교에 다니다가 유랑극단에 발을 들여놓았지. 그 후 그는 로스앤젤레스에 있는 어느 지저분한 낙태 시술업소에서 심부름꾼으로 일하다가 그만 체포되고 말았어. 그래서 샌 쿠엔틴에 있는 감방에 잠시 들어갔다 나왔지."

"너도 그들을 좋아하게 될 거야. 참 좋은 사람들이니까."

"그들은 몇 년 전에 노스 비치에서 서로 만났어. 거기서 그녀는 흑인 포주 밑에서 매춘부 노릇을 하고 있었지. 좀 이상한 일이야. 대부분의 여자는 창녀가 될 기질을 어느 정도 갖고 있지만, 이 여자는 전혀 그런 기질이 없는 몇 안 되는 여자 중의 하나거든. 그녀 역시 흑인이야.

그녀는 원래 오클라호마 주의 농장에 살고 있던 10대 소녀였어. 그 포주는 어느 날 오후 차를 타고 지나가다가 그녀가 앞뜰에서 놀고 있는 모습을 보았지. 그는 차를 세운 다음, 밖으로 나와서 그녀의 아버지와 잠시 이야기를 나누었어.

그가 그 아이의 아버지에게 돈을 좀 준 것 같아. 아마 액수가 많았던지, 그 아이의 아버지는 딸에게 짐을 챙기라고 했지. 그래서 그녀는 포주를 따라나서게 된 거야. 아주 간단해.

그는 그 아이를 샌프란시스코로 데려와서 거리로 내보냈는데, 그녀는 그 짓을 무척 싫어했어. 그래서 포주는 늘 겁을 주어서 그녀를 철저하게 단속했지. 그자는 아주 나쁜 놈이었어.

그녀는 머릿속에 좀 든 것이 있는 편이었어. 그래서 포주는 그녀를 낮에는 전화국에서 일하게 했고, 밤에는 매춘을 시켰지."

"아트가 그녀를 포주로부터 빼냈을 때, 포주는 무척 화가 났지. 그녀만큼 좋은 상품은 드물었으니까 말이야. 그는 한밤중에 아트의 호텔 방에 침입해서 아트의 목에 칼을 들이대고 고래고래 소리지르며 사납게 날뛰곤 했어. 아트가 계속해서 점점 더 커다란 자물쇠로 문을 채웠지만, 그 포주는 계속 문을 부수고 들어왔어. 그 녀석은 덩치가 굉장히 큰 거인이었거든.

결국 아트는 밖에 나가 32구경 권총을 하나 샀지. 그리고 다시 그 포주가 왔을 때, 그는 이불 밑에서 그 총을 꺼내 그 녀석의 입에 쑤셔넣으면서 무섭게 소리쳤어. '잭, 이놈아, 다음번에 한 번만 더 저 문 안으로 들어온다면 그걸로 끝장인 줄 알아.' 이것이 포주의 기를 팍 꺾

어놓았지. 그자는 그 부근에 얼씬거리지도 않았으니까. 좋은 돈벌이만 하나 놓친 셈이지.

그 녀석은 외상거래니 뭐니 해서 그녀의 이름 앞으로 약 2천 달러를 빚져놓았어. 그래서 그들은 아직도 그 돈을 갚아나가야 할 형편이야.

그 총은 아직도 침대 바로 옆에 숨겨져 있어. 혹시라도 그 포주 녀석이 망각증에 걸려 장의사 집에서 그의 구두를 번쩍번쩍 광이 나도록 닦여지길 원할 경우에 대비해서지.

지금 우리가 그들 방으로 올라가면, 그는 아마 와인을 마시고 있을 거야. 물론 그녀는 와인은 마시지 않아. 그녀는 작은 브랜디 한 병을 마시고 있을 거야. 그녀는 아마 우리에게 좀 마셔보라고 권하지도 않을 거야. 그녀는 하루에 그것을 네 병 정도는 족히 마셔. 하지만 다섯 번째 병은 결코 사지 않아. 밖에서 늘 반 파인트(1파인트는 0.47리터)씩만 사오거든. 그녀는 그렇게 술을 다루니까. 술을 마셨다고 해서 그녀는 결코 말을 많이 하지는 않아. 난동을 부리지도 않고. 아주 예쁘게 생긴 여자지."

내 친구가 문을 두드리자, 어떤 사람이 침대에서 내려와 문가로 오는 소리가 들렸다.

"누구세요?" 문 저편의 사내가 물었다.

"나야." 이름을 밝히는 것만큼 알아채기 쉬운 나직한 목소리로 내 친구가 말했다.

"잠깐만 기다려. 곧 문을 열 테니까." 그가 말했다. 그는 백여 개의 자물쇠, 빗장, 쇠사슬, 닻, 강철 스파이크를 풀고, 산(酸)으로 가득 채운 지팡이를 치웠다. 그러자 마치 아주 커다란 대학의 강의실 문처럼 방문이 열렸고, 모든 것은 제자리에 놓여 있었다. 총은 침대 옆에, 작은 브랜디 병은 미모의 흑인 여자 곁에.

방 안에는 많은 꽃과 화초들이 있었는데, 그것들 중 몇 개는 낡은 사진들에 둘러싸여 경대 위에 놓여 있었다. 사진 속의 인물들은 아트를 포함해서 모두 젊고, 잘생기고, 전형적인 1930년대의 젊은이같이 생긴 백인들이었다.

벽에는 잡지에서 오려낸 동물들의 사진이 붙어 있었는데, 마치 실제로 벽에 걸려 있는 것처럼 크레용으로 액자가 그려져 있었다. 모두 새끼고양이와 강아지들의 사진인데, 아주 근사해 보였다.

권총 옆에 있는 침대 곁에는 금붕어 어항이 있었다. 함께 나란히 놓여 있는 금붕어와 권총이 얼마나 정답고 심지어는 종교적으로까지 보였는지!

그들에겐 208이라는 이름의 고양이가 한 마리 있었다.

화장실 바닥에 신문지를 깔면 고양이는 그 위에 대소변을 보았다. 친구의 말에 의하면, 208은 아주 작았을 때부터 다른 고양이를 본 적이 없었기 때문에 자신을 지구에 살고 있는 유일한 고양이로 생각한다고 했다. 그들은 결코 고양이를 방 밖으로 내보내지 않았다. 그놈은 빨간색의 매우 호전적인 고양이였다. 그 고양이와 함께 놀면, 그 녀석은 정말로 사람을 물어버린다. 208의 털을 쓰다듬어주면, 그 녀석은 손이 매우 부드러운 내장으로 채워진 복부라도 되는 것처럼 그 손에서 창자를 빼내려고 낑낑거릴 것이다.

우리는 그곳에 앉아 술을 마시며 책에 관해 이야기를 나누었다. 아트는 로스앤젤레스에 있었을 때는 책이 많이 있었지만, 지금은 하나도 없었다. 아트는 유랑극단에 있으면서 미국 전역을 순회할 때에는 여가 시간에 오래된 특이한 책들을 사며 헌책방에서 보내곤 했다고 말해주었다. 그중에는 저자의 친필 사인이 들어 있는 매우 희귀한 책들도 있었지만, 그는 그것들을 아주 싼 값에 샀고 또 싸게 팔 수밖에 없었다.

"요즘 같으면 훨씬 값이 나갈 텐데." 그가 말했다.

흑인 여자는 브랜디를 곰곰이 바라보며 말없이 앉아 있었다. 두어 번 그녀는 '예'라고 부드럽고 고운 말씨로 말했다.

어떤 의미도 그 위에 덧붙여 있지 않고 다른 단어들로부터 홀로 떨어져 있는 그런 종류의 '예'라는 단어를, 그녀는 더할 나위 없이 세련되게 사용했다.

그들은 방 안에서 직접 자신들이 먹을 요리를 만들었다. 마루 위에는 요리용 전기 프라이팬이 있었는데, 바로 옆에는 커피 깡통에서 자라고 있는 복숭아나무를 포함한 여섯 개의 화초가 놓여 있었다. 옷장은 음식으로 가득 차 있었다. 셔츠, 양복, 치마와 나란히 통조림, 달걀, 그리고 식용유가 놓여 있었다.

내 친구는 그녀가 타고난 요리사라고 말해주었다. 그는 그녀가 훌륭한 식사뿐 아니라 근사한 특별요리도 복숭아나무 옆의 전기 프라이팬으로 만들어낼 수 있다고 말했다.

그들은 나름대로 행복하게 잘 살고 있었다. 그의 목소리는 부드러웠고, 예의가 깍듯했기 때문에 돈 많은 정신병 환자들의 개인 간호원으로 일했다. 그는 일거리가 있을 때에는 돈을 잘 벌었으나, 때때로 아파서 자리에 눕곤 했다. 그는 몹시 쇠약해져 있었다. 그녀는 아직도 전화국에서 일하고 있었지만, 밤에 하는 일은 더는 하지 않는다고 말했다.

그들은 아직도 포주에게 진 빚을 갚고 있었다.

그러니까 몇 년이 지났는데도 그들은 여전히 캐딜락, 스테레오 세트, 화려하고 값비싼 옷 등 흑인 포주들이 매우 갖고 싶어하는 물건들의 값을 치르고 있는 것이다.

그 첫 번째 만남 이후, 나는 대여섯 번 그들의 집을 더 방문했다. 재미있는 일이 일어나기도 했다. 나는 그들 방의 번호가 300대라는 것을 뻔히 알면서도 208이라는 고양이의 이름이 그들의 방 번호를 따서 붙인 것이라고 짐작했다. 그들의 방은 3층에 있었다. 그것은 아주 간단한 이치였다.

나는 항상 숫자상으로 배열된 방들을 따라가지 않고, '미국의 송어낚시 호텔'의 지형을 따라 그들의 방으로 갔다. 나는 그들의 방 번호가 정확히 무엇인지 끝내 알지 못했다. 300대라는 것은 알고 있었지만 그것이 내가 아는 것의 전부였다. 어쨌든 고양이의 이름이 그들의 방 번호를 따서 지어진 것이라고 생각하는 것이 훨씬 마음이 편하고 좋았다. 아주 그럴듯한 생각인 것 같았고, 그것이 고양이에게 208이라는 이름을 지어줄 유일한 논리적인 이유인 것처럼 보였다.

208이라는 숫자는 도대체 어디서 유래한 것일까? 또 그것이 의미하는 것은 무엇일까? 나는 한동안 열심히 궁리해보았다. 마음속 깊이 비밀스럽게. 하지만 그렇다고 해서 내가 나 자신의 생일을 망칠 정도로까지 그것만 골똘히 생각한 것은 물론 아니었다.

일 년 후, 아주 우연한 일로 나는 208이라는 이름이 지닌 진정한 의미를 발견했다. 어느 토요일 아침, 언덕 위로 햇볕이 따갑게 비추고 있을 때, 갑자기 내 방의 전화벨이 울렸다. 친구에게서 걸려온 전화였다. "나 지금 감옥에 있어. 와서 나 좀 꺼내다오. 그들이 지금 주정뱅이용 독방 주변에 검정색 양초를 태우고 있어."

나는 법원에 가서 보석금을 내고 그를 빼냈다. 그리고 그곳에서 208이라는 것이 보석담당 사무실의 번호임을 발견했다. 그것은 아주 간단했다. 나는 내 친구의 삶을 위해 10달러를 지급하고는 208이 지니고 있는 원래의 의미를 알아낸 것이다. 어떻게 그 번호가, 녹아 흘러내리는 눈처럼 산등성이를 타고 내려와, 오랫동안 다른 고양이를 보지 못한 탓으로 자신이 이 세상에 살아 있는 마지막 고양이라고 믿으며, 전혀 두려움을 모른 채, 화장실 바닥엔 온통 신문이 깔려 있고 프라이팬 위에서는 맛있는 요리가 끓고 있는 '미국의 송어낚시 호텔'에서 장난치며 살고 있는 한 마리 작은 고양이의 이름이 되었는지를.

외과의사

❖

나는 잠에서 깨어 리틀 레드피시 호수에서의 새로운 날이 시작되는 것을 마치 동트는 새벽이나 일출의 순간처럼 바라보았다. 비록 지금은 늦은 아침이어서 새벽이나 일출은 이미 지나가버리긴 했지만.

외과의사는 허리띠의 칼집에서 칼을 꺼내 그 칼이 얼마나 잘 드는가를 보여주면서 부드럽게 황어의 목을 딴 다음, 그 물고기를 다시 호수에 집어던졌다. 황어는 죽음의 어색한 물장구를 치더니, 이윽고 이 세상의 모든 교통법규를 준수하면서—학교지역 제한속도 시속 25마일처럼 천천히—호수의 차디찬 바닥으로 가라앉았다. 그러고는 눈 덮인 스쿨버스처럼 하얀 배를 뒤집은 채 누위 있었다. 송어 한 마리가 헤엄쳐 와 잠깐 내려다보더니 잠시 후 헤엄쳐 가버렸다.

그 외과의사와 나는 미국 의사협회에 대해 이야기했다. 도대체 왜 그런 이야기를 하게 되었는지는 모르지만, 하여튼 우리는 그 협회 이야기를 하고 있었다. 그는 칼을 닦아 다시 칼집에 넣었다. 난 정말 왜 우리가 미국 의사협회 이야기를 하게 되었는지 모른다.

그는 의사가 되는 데 25년이 걸렸다고 했다. 그는 경제공황과 두 번의 세계대전 때문에 의대 공부를 중단할 수밖에 없었다고 말했다. 그는 만일 미국 의료제도가 사회주의식으로 된다면, 자기는 의사 노릇을 그만두겠노라고 말했다.

"난 평생 환자를 거부해본 적이 없습니다. 또 그런 짓을 한 의사가 있다고 들어본 적도 없습니다. 그런데 작년에 나는 6천 달러어치의 진료비를 받지 못했습니다." 그가 말했다.

나는 환자의 그 어느 경우에도 진료비를 내지 않는 일은 없어야 한다고 말하려다가 그만두기로 했다. 리틀 레드피시 호숫가에서는 결국 아무것도 입증되지 않을 것이고, 아무것도 변하지 않을 것이기 때문이다. 그리고 그 황어가 발견했듯이, 그곳은 성형수술을 하기에는 적절한 장소가 아니었다.

"난 3년 전에 건강보험이 있는 유타 주 남부의 한 노동조합에서 일했지요." 그 외과의사가 말했다. "난 그런 조건 하에서는 개업을 하지 않겠어요. 환자들은 의사와 의사의 시간을 자기들 거라고 생각하고 있어요. 우리를 자기들의 개인 쓰레기통으로 생각하는 거지요."

"집에서 저녁을 먹고 있으면 전화가 와요. 살려주세요. 의사선생님! 나 죽어요! 배가 아파요! 아파서 참을 수가 없어요! 그래서 난 저녁식사를 중단하고 그 사람에게 달려가지요."

"그러면 전화 건 사람은 맥주 캔을 든 채 현관에서 나를 맞이합니다. '안녕하쇼, 의사 선생. 좀 들어오쇼. 맥주 갖다드리지요. 난 텔레비전을 보고 있소. 아픈 것은 다 없어졌다오. 잘됐지요. 응? 기분이 아주 좋아졌소. 앉으시오. 맥주 갖다드리리다, 의사선생. 에드 설리번 쇼 좀 보고 있으시오.'"

"사양하겠어." 의사는 말했다. "그런 조건 하에서는 개업을 하지 않겠어. 사양하겠어. 아무렴, 사양하고말고."

"난 사냥과 낚시를 좋아하지요." 의사가 말했다. "그래서 트윈폴스로 이사 온 거구요. 아이다호에서는 사냥과 낚시에 대해 많이 들었어요. 그런데 아주 실망했어요. 난 의사 노릇을 그만두고, 트윈에 있는 집을 팔고, 이제는 새로운 정착지를 찾고 있어요."

"나는 몬태나, 와이오밍, 콜로라도, 뉴멕시코, 애리조나, 캘리포니아, 네바다, 오리건, 그리고 워싱턴 주에 각각 사냥과 낚시 규정에 대해 문의 편지를 보냈지요. 그리고 지금 그것들을 살펴보고 있어요."

"난 사냥과 낚시를 즐기며 살 만한 곳을 찾아 한 6개월쯤 돌아다닐 충분한 돈이 있어요. 직업이 없어서 올해 국세청에서 돌려받을 돈 1,200달러가 있어요. 일을 하지 않은 동안 매달 200달러가 나온 셈이에요. 이 나라를 이해할 수가 없어요." 그가 말했다. 그 의사와 아이들은 근처의 트레일러에 있었다. 그 트레일러는 새 '램블러 스테이션 왜건'에 끌려 어젯밤에 도착했다. 그에게는 두 살 반 된 아들과 조산아로 태어났지만 이제는 정상 체중이 된 갓난아이가 있었다.

그 의사는 빅 로스트 강의 캠프장에서 왔는데, 거기서 14인치 하천송어를 잡았다고 했다. 그는 머리숱은 많지 않았지만 젊어 보였다.

나는 그 의사와 잠시 더 이야기를 나누다가, 작별인사를 했다. 그날 오후, 우리는 아이다호 황야의 끝에 있는 조세퍼스 호수로 떠났고, 그 의사는 흔히 우리의 마음속에만 존재하는 아메리카를 향해 떠났다.

현재 미국을 휩쓸고 있는
캠핑 열기에 대한 짧은 언급

✢

다른 모든 것들과 마찬가지로, 요즘 미국의 숲을 성스럽지 못한 하얀 불빛으로 밝히는 콜먼 랜턴은 현재 미국을 휩쓸고 있는 캠핑 열기의 상징이다.

지난여름, 노리스 씨라는 사람이 샌프란시스코의 한 술집에서 술을 마시고 있었다. 일요일 저녁이었고, 그는 이미 예닐곱 잔 정도 마신 상태였다. 그는 옆자리의 사내에게 물었다.

"요즘 어떻게 지내시오?"

"그냥 술 몇 잔 마시고 있소이다."

"나도 그렇소." 노리스 씨가 말했다. "난 술이 좋소."

"무슨 말인지 알겠소. 난 2년 전에 직장을 그만두었다가, 이제 막 직장에 복귀했다오."

"무슨 문제라도 있었소?"

"간에 구멍이 뚫렸지요." 그 남자가 말했다.

"간이라고 그랬소?"

"그렇소. 의사 말로는 구멍이 커서 깃발도 꽂을 수 있다고 합디다. 이제는 좋아져서, 가끔은 두어 잔 정도는 할 수 있소. 물론 그래서는 안 되지만, 설마 죽기까지야 하겠소?"

"나는 서른두 살이오." 노리스 씨가 말했다. "난 아내가 셋 있었고, 아이들 이름은 기억도 못한다오."

옆자리의 사내는 근처 섬의 새처럼 술잔에 든 스카치와 소다를 한 모금 홀짝거렸다. 그 남자는 술잔 속의 알코올 소리를 좋아했다. 그는 술잔을 탁자 위에 올려놓았다.

"그건 아무 문제가 안 되지." 그는 노리스 씨에게 말했다. "전처소생의 아이들 이름을 기억하는 최선의 방법은 같이 캠핑을 가서 송어낚시를 하는 거요. 송어낚시는 아이들의 이름을 기억하는 가장 좋은 방법이라오."

"정말이오?" 노리스 씨가 물었다.

"그렇소." 그 남자가 대답했다.

"그거 좋은 생각 같소." 노리스 씨가 말했다.

"무슨 수를 써야만 할 것 같소. 때로 아이 중 한 놈의 이름이 칼 같은데, 그건 불가능하지요. 내 세 번째 전처가 칼이라는 이름을 싫어했기 때문이오."

"캠핑과 송어낚시를 한번 해보시오." 옆 자리의 사내가 말했다. "그러면 아직 태어나지 않은 아이들 이름까지 다 기억하게 될 거요."

"칼! 칼! 엄마가 부르신다!" 노리스 씨가 농담으로 소리질렀다. 그는 그것이 썰렁한 농담이었다는 것을 깨달았다. 그는 점점 취해가고 있었다.

그는 두어 잔 더 마실 것이고, 그러면 언제나처럼 탕하는 소리를 내면서 머리로 탁자를 치게 될 것이다. 그렇지만 그는 늘 자기 유리잔은 피하기 때문에 얼굴을 다칠 염려는 없었다. 그러면 그는 늘 그랬듯이 벌떡 일어나 주위를 둘러보고, 사람들은 그를 바라볼 것이다. 그런 다음, 그는 일어나 집으로 갈 것이다.

다음날 아침, 노리스 씨는 스포츠 용품점에 가서 캠핑 용구를 카드로 샀다. 그는 우선 알루미늄 지주대가 달린 9피트×9피트짜리 텐트를 샀다. 그런 다음 오리털이 들어 있는 북극표 슬리핑백과, 그것과 세트를 이루는 공기 매트리스와 공기 베개를 샀다. 그리고 밤중에 시간을 보고 아침에 깰 때 필요한 공기 자명종 시계도 샀다.

그는 버너가 두 개 달린 콜먼 스토브와 콜먼 랜턴, 그리고 접는 알루미늄 탁자와 다용도 알루미늄 그릇 세트, 그리고 휴대용 아이스박스도 샀다.

마지막으로 그는 낚시도구와 해충접근방지 스프레이도 한 병 샀다.

다음날 그는 산으로 떠났다.

몇 시간 후 그는 산에 도착했는데, 그가 들른 처음 열여섯 군데 캠프장 모두가 사람들로 가득 차 있었다. 그는 다소 놀랐다. 산이 그렇게 많은 사람으로 가득 차 있다는 사실을 미처 몰랐던 것이다.

열일곱 번째 캠프장에서 한 남자가 막 심장마비로 죽어서, 구급차 요원이 그의 텐트를 철거하고 있었다. 그들은 중앙 받침대를 내리고 구석의 말뚝을 뽑고 있었다. 그들은 얌전히 텐트를 접어 구급차 뒤칸 시체 바로 뒤에 실었다.

그들은 밝고 하얀 먼지 구름을 뒤에 남기고 길 아래로 사라져갔다. 그 먼지는 마치 콜먼표 랜턴의 불빛처럼 보였다.

노리스 씨는 바로 그 자리에 자기 텐트를 세우고 모든 장비를 정돈했다. 그러자 곧 모든 것이 완성되었다. 마른 쇠고기로 저녁식사를 한 다음, 그는 매스터 공기 스위치로 모든 장비들을 끄고 잠자리에 들었다. 어두워졌기 때문이다.

그 사람들이 다시 그 시체를 가져와 노리스 씨가 북극표 슬리핑 백에서 자고 있는 곳에서 1피트도 떨어지지 않은 곳에 다시 놓고 간 것은 자정쯤이었다.

그들이 시체를 가져왔을 때 그는 잠이 깼다. 그들은 세상에서 가장 조용하게 시체를 운반하는 사람들은 아니었다. 노리스 씨는 텐트 옆에 놓인 시체의 불거진 모양을 볼 수 있었다. 시체와 노리스 씨 사이에는 방수·이슬방지 처리된 녹색의 6온스짜리 아메리플렉스 포플린뿐이었다.

노리스 씨는 슬리핑백의 지퍼를 열고 거대한 사냥개 같은 플래시를 들고 밖으로 나왔다. 그는 시체 운반인들이 하천을 향해 걸어 내려가는 것을 보았다.

"여보시오!" 노리스 씨가 소리질렀다. "이리 돌아오시오! 당신들 여기 뭔가 놓고 갔소!"

"무슨 말이오?" 그들 중 하나가 물었다. 플래시 불빛에 비친 그들은 아주 순해 보였다.

"무슨 말인지 잘 알잖소." 노리스 씨가 말했다. "당장 돌아오시오!"

시체 운반인들은 어깨를 으쓱하며 서로 바라보더니,

마지못해 돌아서서 어린아이처럼 내키지 않는 발을 질질 끌며 돌아왔다. 그들은 시체를 들었다. 그들 중 하나는 시체의 발을 잡느라 애를 먹었다.

그 사람이 절망적으로 노리스 씨에게 말했다. "혹시 생각을 바꾸실 수는 없나요?"

"없소. 잘 가시오." 노리스 씨가 말했다.

그들은 시체를 들고 하천 쪽으로 갔다. 노리스 씨는 플래시를 껐다. 그는 그들이 하천의 제방을 따라 비틀거리며 걷는 소리를 들을 수 있었다. 그들이 서로 욕을 하는 소리도, 그들 중 한 사람이 "그쪽 잘 좀 들어!"라고 말하는 것도 들었다. 그런 다음에는 아무 소리도 들리지 않았다.

10분쯤 뒤, 그는 하천가의 다른 캠프장에서 수많은 불빛이 켜지는 것을 보았다. 그는 멀리서 들리는 소리를 들었다.

"절대 안 됩니다! 당신들은 벌써 아이들을 깨웠어요. 저 애들은 쉬어야 해요. 내일은 콩크 호수까지 4마일이나 되는 거리를 하이킹해야 한단 말이오. 다른 곳에 가 보시오."*

다시 이 책의 표지로 돌아가기

✛

미국의 송어낚시에게 :

나는 당신의 친구 프리츠*를 워싱턴 광장에서 만났소. 그는 자기 사건이 배심원들에게 넘어갔고, 배심원들이 무죄 평결(評決)을 내렸다고 전해달라고 했소.

그는 자기 사건이 배심원들에게 넘어갔고, 배심원들이 무죄 평결을 내렸다고 당신에게 전하는 것이 중요하다고 했기 때문에 다시 한 번 말하는 바이오.

그는 건강해 보였고, 햇볕을 쬐며 앉아 있었소. 샌프란시스코에는 이런 말이 전해 내려오고 있소. "캘리포니아 주 정부 노인복지과에 의존하기보다는 워싱턴 광장에서 쉬는 것이 더 낫다." 뉴욕은 어떻소?

당신의 열렬한 팬이

열렬한 팬에게 :

프리츠가 구치소에 갇히지 않은 것은 다행이오. 그는 그럴까 봐 매우 걱정했었소. 내가 지난번 샌프란시스코에 있었을 때, 그는 내게 자기가 구치소에 가지 않을 확률이 10분의 1밖에 안 된다고 했소. 난 그에게 좋은 변호사를 구해보라고 말해주었소. 짐작건대 그는 그렇게 했고, 아주 운이 좋았던 것 같소. 그 두 가지는 언제나 중요하니까 말이오.

뉴욕은 어떠냐고 물었는데, 여긴 아주 덥소.

나는 친구인 젊은 도둑과 그의 아내를 방문중이오. 그는 실직상태이고 그의 아내는 칵테일바의 여급으로 일하고 있소. 그는 일자리를 찾고 있지만, 아마 힘들 거요.

어젯밤에는 너무 더워서 열기를 식히려고 찬물에 적신 이불을 덮고 잤소. 난 정신병자가 된 느낌이오.

한밤중에 깨어났더니, 이불에서 올라오는 수증기가 방에 가득했고, 바닥과 가구 위에는 버려진 기구나 열대꽃 같은 온갖 것들이 널려 있었소.

나는 이불을 화장실로 가지고 가서 욕실에 넣고 그 위에 찬물을 틀었소. 개가 오더니 나를 보고 짖기 시작했소.

그 개가 어쩌나 사납게 짖어대던지, 화장실은 삽시간에 죽은 사람들로 가득 찼소. 그들 중 하나는 젖은 내 이불로 자기 수의를 대신하려 했소. 난 안 된다고 했지. 우리가 대판 싸우는 바람에 이웃집 푸에르토리코인들이 깼고, 그들은 벽을 탕탕 치기 시작했소.

죽은 자들은 황급히 사라졌소. "우리를 반기지 않으면 우린 금방 알지."라고 그들 중 하나가 말했소.

"거 되게 시끄럽게 구는군." 하고 내가 말했소.

이제 더는 못 참겠소.

나는 뉴욕을 떠날 생각이오. 내일은 알래스카로 갈 예정이오. 나는 이상하고 아름다운 이끼가 자라는 북극 근처의 얼음처럼 차가운 하천에 가서, 물고기와 같이 일주일을 보내려 하오. 내 주소는 알래스카 주 페어뱅크스 일반배달과 전교, 미국의 송어낚시라오.

당신의 친구,
Trout Fishing in America

조세퍼스 호수의 날들

⚜

우리는 리틀 레드피시를 떠나 조세퍼스 호수로 갔다. 가는 동안 온갖 이름 있는 곳을 지나갔다. 스탠리에서 케이프혼을 거쳐 시폼, 래피드 리버, 플롯 하천, 그리고 그레이하운드 마인을 지나 조세퍼스 호수로 갔다. 그리고 며칠 후에는 어깨에 아이를 올려놓은 채 송어들이 기다리고 있는 헬 다이버 호수로 올라갔다.

그곳에서 송어들이 비행기표처럼 우리를 기다린다는 것을 알고, 우리는 머시룸 스프링스에 들러 차디찬 물을 마셨으며, 아이와 나는 통나무에 앉아 사진을 몇 장 찍었다.

나는 나중에 이 사진들을 다 인화할 돈이 있었으면 좋

겠다고 생각했다. 때로는 그 사진들이 과연 잘 나올지 의심스럽기도 했다. 그 사진들은 봉지에 든 꽃씨처럼 아직 인화되지 않은 채 보관되어 있다. 그것들을 인화할 때쯤이면 나는 더 나이가 들어 있을 것이고, 사진이 잘 안 나왔어도 별로 개의치 않을 것이다. 이거 좀 봐, 저기 아이가 있어! 저기 머시룸 스프링스 좀 봐! 저기 나도 있네! 하며 말이다.

헬 다이버에 도착한 지 한 시간 만에 송어들의 서식지를 발견했다. 아내는 잘 잡히는 송어낚시에 흥분해서 그만 아이를 태양의 직사광선 속에 잠들게 놔두었다. 아이는 깨어나자 토했고, 나는 그 애를 산길로 데리고 내려갔다.

아내는 낚싯대와 물고기를 들고 말없이 뒤따랐다. 아이는 두어 번 더 토했다. 극소량의 라벤더 향 토사물이었지만 그건 내 옷을 적셨고, 아이는 열이 오르며 빨갛게 달아올랐다.

우리는 머시룸 스프링스에서 멈추었다. 나는 아이에게 물로 조금씩 입 안을 헹구게 해주었다. 나도 옷에 묻은 흔적을 물로 닦고 있었는데, 갑자기 이곳 머시룸 스프링스에서 주트 바지(길이가 길며 바지통이 넓은 남자 옷)에 무슨 일이 있었는지를 살펴보는 것이 좋겠다는 생각

이 들었다.

2차대전과 앤드루 시스터스와 더불어 주트 바지는 1940년대 초에 크게 유행했다. 아마 그것들은 모두 한때의 유행이었으리라.

그것보다는 1961년 7월 헬 다이버에서 내려오는 산길에 있는 아픈 어린아이가 더 중요한 문제였다. 아이를 그런 식으로 영원히 내버려둘 수는 없었다. 아픈 아이가 173년마다 지구 근처를 지나가는 유성들 사이의 우주에 자리 잡게 할 수는 없는 법이니까.

머시룸 스프링스를 지나자 아이는 토하는 것을 멈추었다. 나는 산길을 따라 여러 이름 없는 하천들을 지나 내려왔고, 우리가 조세퍼스 호수에 도착했을 때 아이는 정상으로 회복되었다.

아이는 곧 커다란 컷스롯 송어와 함께 뛰놀았다. 그 모습은 마치 연주회에 10분이나 늦었는데 버스나 택시가 없어 하프를 들고 달려가는 사람의 모습 같았다.

영원의 거리에서의 송어낚시

⚜

'영원의 거리'—우리는 베니토 후아레스의 출생지인 젤라타오에서부터 걸어 올라왔다. 도로를 택하는 대신, 우리는 개울을 따라 이어지는 오솔길을 따라 올라갔다. 젤라타오의 학교에 다니는 몇몇 아이들이 그 하천을 따라 뒤쪽으로 조금 올라가면 지름길이 있다고 가르쳐주었기 때문이다.

하천은 대체로 맑았지만, 부분적으로는 우윳빛이 감돌고 있었다. 내 기억이 맞는 한, 그 오솔길에는 여기저기 급경사가 있었다. 우리는 가끔 그 오솔길을 따라 내려오는 사람들과 마주쳤다. 그것은 정말 지름길인 것 같았다. 왜냐하면 마주친 사람들은 모두 무엇인가를 나르고 있는 인디언들이었기 때문이다.

마침내 오솔길은 하천에서 멀어졌으며, 우리는 언덕 너머의 묘지에 이르렀다. 매우 오래된 묘지였는데, 무도회의 파트너처럼 자라고 있는 잡초와 죽음으로 인해 폐허가 되어 있었다.

그 묘지에서 다른 언덕의 꼭대기에 있는, 이스트 론이라고 부르는 마을까지는 자갈길이 뻗어 있었다. 그 마을에 도착할 때까지 우리는 길 주변에서 단 한 채의 집도 구경하지 못했다.

세상 속에서 그 길은 이스트 론이라고 불리는 마을로 가까이 갈수록 급경사를 이루고 있었다. 애정 어린 마음으로 자갈 하나하나를 조심조심 밟아 가노라니, 묘지를 가리키는 팻말이 나타났다.

우리는 올라오느라고 아직도 숨이 가빴다. 팻말에는 '영원의 거리' 라고 씌어 있었다. 그곳을 가리키며.

남부 멕시코의 이국적인 장소들을 몇 군데 찾아다니기는 했지만, 그렇다고 내가 항상 세상 여행을 즐긴 것은 아니었다. 한때 나는 '북서태평양'에서 한 노파를 위해 일해주던 어린애에 불과했다. 그녀는 당시 아흔 살쯤 되어 보였는데, 여름 동안 나는 수업이 끝난 후 그리고 토요일마다 그 여자를 위해 일을 해주었다.

가끔 그녀는 나에게 점심을 만들어주었다. 점심은 대개 외과의사가 자른 것처럼 반듯한 빵 껍질이 있는 조그만 계란샌드위치가 전부였다. 간혹 마요네즈를 잔뜩 묻힌 바나나조각들을 주기도 했다.

그녀는 마치 자기 쌍둥이 누이동생 같은 집에서 혼자 살고 있었다. 그 집은 4층이었고, 적어도 30개의 방이 있었다. 그 여자는 5피트의 키에 체중이 82파운드였다.

거실에는 커다란 1920년대식 라디오가 있었는데, 그것이 그 집에서 그나마 20세기에 만든 것 같은 느낌을 주는 유일한 물건이었다. 물론 그 사실에 대해서는 아직도 일말의 의혹이 있긴 하지만 말이다.

1920년대에 나온 수많은 차, 비행기, 진공청소기, 그리고 냉장고들도 오늘날에는 마치 1890년대의 제품들인 것처럼 보인다. 이러한 느낌을 자아내게 한 것은 바로 우리 시대의 속도감에서 비롯된 아름다움이라 할 수 있는데, 그러한 느낌은 그 물건들을 다른 세기에 속하는 사람들의 옷과 생각 속으로 서둘러 용해시켜버리고 만다.

그 노파에게는 늙은 개가 한 마리 있었는데, 사실상 그 개는 노파에게 아무런 필요가 없었다. 그 개는 너무 나이가 들어 때로는 꼭 박제된 개처럼 보일 정도였다. 언젠가 나는 상점에 갈 때 그 개를 데리고 나갔는데, 마치 박제된 개를 데리고 가는 것 같은 느낌이 들었다. 그 개를 박제된 소화전에 묶어놓자 그 개는 그 위에 오줌을 갈겼는데, 그것 역시 단지 박제된 오줌일 뿐이었다.

나는 가게에 들어가 노파를 위해 몇 가지 물건을 샀다. 아마 커피 1파운드와 마요네즈 1쿼트였을 것이다.

나는 그녀를 위해 캐나다 엉겅퀴들을 잘라내는 일을 했다. 1920년대(또는 1890년대)의 어느 날, 그녀는 캘리포니아 주를 달리는 차에 타고 있었다. 그녀의 남편은 주유소 앞에 차를 세우더니 주유소 조수에게 가솔린을 채워달라고 했다.

"들꽃 씨앗을 원하십니까?" 조수가 말했다.

"아니." 남편이 말했다. "가솔린만 넣어주시오."

"알고 있습니다, 선생님." 조수가 말했다. "그러나 우리는 오늘 가솔린과 함께 들꽃 씨앗도 나눠주고 있거든요."

"좋소." 남편이 마지못해 대꾸했다. "그렇다면 우리에게도 들꽃 씨앗을 조금 주시오. 하지만 확실히 해야 할 것은 차에 가솔린을 채워넣는 일이오. 내가 진짜 원하는 것은 바로 가솔린이니까."

"그것들은 선생님의 정원을 환하게 해줄 겁니다."

"가솔린 말이오?"

"아니. 꽃 말입니다."

그들이 노스웨스트로 돌아와서 씨앗을 심었더니 캐나다 엉겅퀴가 피어났다. 내가 해마다 그것들을 잘라냈지만, 그것들은 어김없이 다시 자라나곤 했다. 화학약품까지 뿌리는 수고를 들였건만, 그것들은 봄만 되면 어김없이 땅속에서 솟아났다.

우리의 저주는 그 식물의 뿌리에게 일종의 음악이 되었다. 가지를 도끼로 쳐내는 것은 그 엉겅퀴에게 하프시코드를 연주해주는 것과 같았다. 캐나다 엉겅퀴는 실로 끈질기게 자신의 존재를 그곳에 존속시켰다. 고맙다, 캘리포니아여, 이렇게도 아름다운 야생화들을 주어서.

나는 매년 그 들꽃을 도끼로 찍어냈다.

나는 그 여자를 위해 다른 일도 해주었다. 예를 들어, 냉혹하고 끔찍하게 생긴 낡은 잔디 기계로 잔디를 깎아주는 일 같은 것을 말이다. 내가 처음 그 여자의 일을 해주러 갔을 때, 그녀는 내게 잔디 깎는 기계를 조심스럽게 다루라고 했다. 어떤 여행객이 몇 주 전에 이 집에 와서 여관비와 식사비를 벌 만한 일을 좀 달라고 부탁했을 때, 그녀는 잔디 깎는 일이 어떠냐고 물어보았다.

"고맙습니다. 부인." 그는 그렇게 말하고 나갔다가, 채 몇 분도 지나지 않아 그 고물 기계에 그만 오른손 손가락 세 개를 잃어버렸다.

나는 잔디밭 어딘가에 세 손가락의 유령이 커다란 귀신 같은 형상으로 살고 있다는 사실을 알고 있었기 때문에, 잔디 기계를 다룰 때 늘 조심했다. 그러나 그들은 내 손가락으로 된 또 다른 친구를 필요로 하지는 않았다. 내 손가락들은 내 손에 붙어 있을 때에야 비로소 괜찮게 보였기 때문일 것이다.

나는 그녀의 바위 정원을 깨끗하게 정리했으며, 뱀이 나타날 때마다 쉬쉬 소리를 내서 쫓아버렸다. 그녀는 나에게 뱀을 죽이라고 했지만, 나는 가터 뱀(미국산의 독 없는 푸른 줄무늬 뱀)을 죽여 무슨 소용이 있는지 잘 이해할 수 없었다. 그러나 결국 나는 뱀들을 죽여야 했다. 뱀을 밟게 되면 자신은 심장마비를 일으키게 될 거라고 그녀가 나를 위협했기 때문이다.

그래서 나는 뱀들을 잡는 즉시 길 건너편의 정원으로 쫓아 보냈는데, 그 때문에 아마 적어도 아홉 명의 노파가 덤불 속에서 뱀을 발견하고 심장마비를 일으켜 죽었을 것이다. 다행히도 나는 그들의 시체가 묘지로 옮겨질 때에는 이미 그 근처에 살고 있지 않았다.

나는 라일락 숲 사이에 숨어 있는 검은 딸기 덤불도 깨끗이 없애주었다. 한번은 그녀가 나에게 집에 가져가라고 라일락꽃 몇 송이를 주었다. 그녀의 정원에 피어 있던 라일락들은 늘 아름다운 모습을 간직하고 있었다. 그래서 그 라일락 꽃송이를 마치 어린이들이 좋아하는 음료수를 담는 유리잔처럼 자랑스럽게 높이 치켜들고 거리를 내려왔다. 나는 무척 기분이 좋았다.

나는 그녀의 난로에 때기 위해 장작을 패기도 했다. 그녀는 나무를 때는 난로를 이용해 요리를 했으며, 난방을 위해서도 겨울 동안 커다란 나무 때는 보일러를 사용했다. 그 일을 할 때의 그녀는 마치 겨울 동안 깊고 어두운 바다에서 잠수함을 조종하는 선장과도 같아 보였다.

여름에 나는 그녀의 지하실에다 쉴새없이 땔감을 들였는데, 나중에는 너무 나무만 대하다보니 머리도 약간 이상해지고, 심지어는 하늘의 구름과 도로에 주차해 있는 자동차, 그리고 고양이까지도 나무로만 보였다.

그 밖에도 나는 그녀를 위해 여러 가지 자질구레한 일을 했다. 1911년에 잃어버린 드라이버 찾는 일, 봄이 오면 체리가 가득 담긴 그릇을 그녀에게 집어주는 일, 나무에 달려 있는 나머지 체리를 혼자서 따는 일, 뒤뜰에 있는 그 못생긴 나무를 전지가위로 다듬는 일, 그리고 오래된 목재 더미 옆에서 자라는 잡초들을 뽑는 일 등을 했다.

어느 이른 가을날, 그녀는 나를 옆집에 사는 여자에게 빌려주었다. 나는 그 여자의 헛간 지붕에 난 작은 구멍을 고쳐주었다. 그 여자는 내게 팁으로 1달러를 주었다. 나는 그 여자에게 고맙다고 말했다. 그러나 얼마 후 비가 왔을 때, 그녀가 불쏘시개로 쓰려고 17년 동안이나 모아둔 신문지가 지붕에서 샌 빗물에 그만 흠뻑 젖고 말았다. 그때부터 나는 그녀의 집 앞을 지나갈 때마다 그녀의 따가운 눈총을 받았다. 린치를 당하지 않은 것만도 천만다행이었다.

나는 겨울철에는 그 노파의 일을 하지 않았다. 10월 말쯤, 나는 모든 일을 마무리 지었다. 낙엽들을 긁어모으며, 또는 마지막까지 남아 숮숮거리는 가터 뱀을 할 일 없는 노파들이 겨울철에 모여 앉아 칫솔질하듯 쓸데없는 얘기들을 재잘거리는 거리 건너편 구역으로 전출 보내며 말이다.

그 노파는 봄이 되면 다시 나에게 전화를 걸었다. 수화기에서 그녀의 가냘픈 목소리를 들을 때마다 나는 그 노파가 아직도 살아 있다는 사실에 깜짝 놀라곤 했다. 나는 말에 안장을 얹은 후 그 노파의 집으로 달려갔다. 그러고는 똑같은 일을 되풀이했다. 그렇게 해서 나는 약간의 돈을 벌었으며, 햇볕을 받아 따뜻해진 그녀의 박제된 개의 털을 어루만지기도 했다.

어느 봄날, 그녀는 나를 다락방으로 올려 보냈다. 그녀는 나에게 어떤 것들을 깨끗이 청소하고, 또 어떤 것들은 집어던져버리고, 또 어떤 것들은 적당한 곳에 잘 정돈해달라고 부탁했다.

나는 세 시간 동안 다락방에 혼자 처박혀 있었다. 다행히도 그것이 내가 다락방에 올라가본 처음이자 마지막이었다. 다락방은 입구의 아가미까지 온갖 잡동사니들로 꽉 차 있었다.

세상의 온갖 낡은 것들이 모두 그곳에 모이기로 작정이라도 한 것 같았다. 나는 사방을 둘러보느라고 대부분의 시간을 보냈다.

그중 낡은 트렁크 하나가 내 시선을 끌었다.

나는 그 트렁크를 사방에서 옭아매고 있던 끈을 풀고 각종 자물쇠를 제거한 끝에 가까스로 그 빌어먹을 트렁크를 열 수 있었다. 그것은 낡은 낚시도구로 가득 차 있었다. 거기에는 낡은 낚싯대와 릴과 줄과 부츠와 통발이 각각 몇 개씩 들어 있었으며, 파리와 미끼와 갈고리 모양의 낚싯바늘로 가득 찬 가방이 하나 들어 있었다.

그 낚싯바늘들 중에는 벌레들이 매달려 있는 것도 있었다. 그 벌레들은 몇 년 동안이나 가방 속에 갇혀 있었기 때문에 쭈글쭈글해진 채로 낚시고리에 화석처럼 매달려 있었다. 그것들은 아예 그 고리의 일부분이 되기로 작정이라도 한 것 같았다.

그 트렁크에는 미국의 한 나이 든 송어낚시의 갑옷이 들어 있었다. 나는 비바람에 찌든 낚시용 헬멧 옆에서 한 권의 낡은 일기장을 발견했다. 나는 그 일기장의 첫 페이지를 열었다. 거기에는 다음과 같이 씌어 있었다.

알론조 하겐의 송어낚시 일기

알론조 하겐은 젊었을 때 이상한 병을 앓다가 죽은 그 노파의 남동생 이름인 것 같았다. 나는 눈을 똑바로 뜬 채 그 여자의 방에 진열되어 있는 한 커다란 사진을 본 적이 있었다. 이 기억에서 남동생을 추측해낸 것이었다.

그 일기장의 다음 페이지를 넘기자, 몇 가지 항목들이 다음과 같이 적혀 있었다.

여행의 날짜와 놓친 송어의 숫자

1891년 4월 7일, 놓친 송어의 숫자 8

1891년 4월 15일, 놓친 송어의 숫자 6

1891년 4월 23일, 놓친 송어의 숫자 12

1891년 5월 13일, 놓친 송어의 숫자 9

1891년 5월 23일, 놓친 송어의 숫자 15

1891년 5월 24일, 놓친 송어의 숫자 10

1891년 5월 25일, 놓친 송어의 숫자 12

1891년 6월 2일, 놓친 송어의 숫자 18

1891년 6월 6일, 놓친 송어의 숫자 15

1891년 6월 17일, 놓친 송어의 숫자 7

1891년 6월 19일, 놓친 송어의 숫자 10

1891년 6월 23일, 놓친 송어의 숫자 14

1891년 7월 4일, 놓친 송어의 숫자 13

1891년 7월 23일, 놓친 송어의 숫자 11

1891년 8월 10일, 놓친 송어의 숫자 13

1891년 8월 17일, 놓친 송어의 숫자 8

1891년 8월 20일, 놓친 송어의 숫자 12

1891년 8월 29일, 놓친 송어의 숫자 21

1891년 9월 3일, 놓친 송어의 숫자 10

1891년 9월 11일, 놓친 송어의 숫자 7

1891년 9월 19일, 놓친 송어의 숫자 5

1891년 9월 23일, 놓친 송어의 숫자 3

여행의 총 횟수 22번, 놓친 송어의 총계 239

한 번 여행 때 놓친 송어의 평균 마리 수 108

Date 1891.

1891. 4. 7 trout
1891. 4. 15 6
1891. 4. 23
1891. 5. 13
1891. 5. 23
1891. 5. 24

1891
1891. 6. 2
1891. 6. 6
1891. 6. 17
1891. 6. 19
1891. 6. 23
1891. 7. 4
1891. 7. 23
1891. 8. 10
1891. 8. 17
1891. 8. 20

나는 세 번째 페이지로 일기장을 넘겼다. 여행 연도가 1892년이고, 알론조 하겐이 스물네 번 여행을 해 총 317마리의 송어를 놓쳤으며, 따라서 한 번 여행할 때마다 평균 13.2마리의 송어를 놓쳤다는 것만 제외하면, 모든 항목이 앞 페이지와 똑같았다.

다음 페이지는 1893년으로 되어 있었다. 그는 33번 여행을 떠났으며, 총 480마리의 송어를 놓쳤고, 따라서 한 번 여행할 때마다 평균 14.5마리의 송어를 놓친 셈이었다.

다음 페이지는 1894년으로 되어 있었다. 그는 27번 여행을 떠났으며, 총 349마리의 송어를 놓쳤고, 따라서 한 번 여행할 때마다 평균 12.9마리의 송어를 놓친 셈이었다.

다음 페이지는 1895년으로 되어 있었다. 그는 41번의 여행을 떠났으며, 730마리의 송어를 놓쳤는데, 매번 낚시를 갈 때마다 평균 17.8마리의 송어를 놓친 셈이었다.

다음 페이지는 1896년으로 되어 있었다. 그는 단지 12번 여행을 떠났으며, 총 115마리의 송어를 놓쳤고, 따라서 한 번 여행할 때마다 평균 9.5마리의 송어를 놓친 셈이었다.

다음 페이지는 1897년으로 되어 있었다. 그는 딱 한 번 여행을 떠났을 뿐이었으며, 총 한 마리의 송어를 놓친 셈이었다.

그 일기의 마지막 페이지는 1891년에서 1897년까지 7년에 걸쳐 그가 행한 각 항목의 총계가 나와 있었다. 알론조 하겐은 총 160번 송어낚시를 위한 여행을 떠났으며, 총 2,231마리의 송어를 놓쳤고, 따라서 한 번 여행할 때마다 평균 13.9마리의 송어를 놓친 것으로 되어 있었다.

총계가 적혀 있는 칸의 아래쪽에는, 알론조 하겐이 쓴 미국의 송어낚시를 위한 비문이 적혀 있었다. 그 내용은 다음과 같았다.

나는 참을 만큼 참았다.

7년 동안 낚시를 하러 갔는데

단 한 마리도 잡지 못했다.

나는 낚싯바늘에 걸린 송어를 전부 놓쳐버렸다.

그것들은 펄쩍 뛰어오르거나

또는 몸을 비틀어 빠져나가거나

또는 몸부림쳐서 빠져나가거나

또는 내 낚싯줄을 끊거나

또는 수면으로 떨어지면서 빠져나가거나

또는 자신의 살점을 떼어내면서 빠져나갔다.

나는 송어에 손을 대본 일조차 없다.

이러한 좌절과 당혹스러움에도

나는 믿는다.

놓친 송어의 총계를 생각해볼 때,

그것이 매우 흥미로운 실험이었음을.

그러나 내년에는 다른 어느 누군가가

또 송어낚시를 하러 가야만 할 것이다.

다른 어느 누군가가 그곳으로 가야만

할 것이다.

타월

우리는 조세퍼스 호수에서 난 길을 따라 내려온 다음, 다시 시폼에서부터 난 길로 접어들었다. 중간에 우리는 물을 마시러 잠시 멈추었다. 숲에는 조그만 기념물이 하나 있었다. 나는 그게 무엇인지 보려고 다가갔다. 전망대의 유리문은 약간 열려 있었고, 타월 하나가 반대쪽에 걸려 있었다.

그 기념물의 중앙에 사진이 하나 있었다. 그것은 내가 전에 본 적이 있는 숲의 전망대에서 찍은 고전적인 사진이었는데, 1920년대와 1930년대의 미국의 모습을 찍은 것이었다.

사진에는 찰스 린드버그*처럼 생긴 사람이 있었다. 그

에게도 린드버그처럼 세인트루이스식의 고결함이 있었고, 표정도 비슷했다. 다만 린드버그가 횡단한 북대서양 대신 그의 정복대상은 아이다호의 삼림이었다.

그의 옆에는 여자가 다정하게 붙어 서 있었다. 그녀는 과거의 애교 있는 여인답게 발목까지 올라오는 레이스 달린 부츠와 예전에 유행하던 바지를 입고 있었다.

그들은 전망대의 현관에 서 있었다. 그들 바로 뒤에는 하늘이 있었다. 예전에 사람들은 사진 찍기를 좋아했고, 자기도 그 사진 속에 들어가기를 좋아했다.

그 기념물에는 다음과 같이 씌어 있었다.

"챌리스 국립공원 삼림 감시원 찰리 J. 랭거와, 추락한 폭격기 생존자를 찾다가 1943년 4월 5일 비행기 사고로 죽은 미 육군 조종사 빌리 젤리와 부조종사 아서 크로프츠를 추도하며."

오, 오랜 세월이 지나 이제 사진만이 한 남자의 기억을 지키고 있다. 사진은 혼자 거기 그렇게 놓여 있었다. 그가 죽은 후 18년이 지난 지금은 눈이 내리고 있다. 눈이 문을 덮는다. 눈이 타월을 덮는다.

모래상자에서 존 딜린저를 빼면 무엇이 남는가

✣

가끔 나는 《미국의 송어낚시》의 표지 사진으로 다시 돌아간다. 나는 오늘 아침에도 아이를 데리고 그곳에 갔다. 그들은 회전하는 거대한 스프링클러로 책 표지에 물을 주고 있었다. 잔디 위에는 빵조각이 널려 있었다. 비둘기를 주려고 그런 것이다.

나이 든 이탈리아 사람들은 언제나 그런 일을 한다. 빵조각들은 물에 젖어 밀가루반죽처럼 납작하게 되었다. 게으른 비둘기들은 물과 잔디가 빵조각들을 먹어 치울 때까지 기다린다. 그렇게 되면 자기들이 직접 그 일을 하지 않아도 되기 때문이다.

나는 아이를 모래상자에서 놀게 한 다음 벤치에 앉아

주위를 둘러보았다. 벤치의 끝에는 비트족 하나가 앉아 있었다. 그는 슬리핑백을 옆에 놓고 사과파이를 먹고 있었다. 그는 사과파이가 들어 있는 커다란 자루를 갖고 있었으며, 그것들을 마치 칠면조처럼 먹어댔다. 그 광경은 미사일 기지에서 시위하는 것보다 더 효과 있는 저항처럼 보였다.

아이는 모래상자*에서 놀고 있었다. 그 애는 빨간 옷을 입고 있었고, 그 뒤로는 천주교 성당이 솟아 있었다. 그 애의 옷과 성당 사이에는 벽돌로 된 화장실이 있었다. 화장실이 거기 있는 것은 우연이 아니었다. 여성용은 좌측으로, 남성용은 우측으로.

여자의 옷, 하고 나는 생각했다. 존 딜린저를 FBI에게 넘겨준 여자가 빨간 옷을 입지 않았던가? 그래서 사람들은 그 여자를 '빨간 드레스의 여인'이라고 불렀지.

그래, 맞아. 그건 빨간 드레스였다. 하지만 아직 존 딜린저는 보이지 않았다. 내 딸만 혼자 모래상자에서 놀고 있었다.

모래상자에서 존 딜린저를 빼면 무엇이 남는가?

그 비트족은 숙녀용보다는 신사용 화장실 쪽 벽에 십자가에 매달린 것처럼 보이는 수도로 가서 마실 물을 가져왔다. 그는 물을 마셔서, 그동안 먹은 사과파이를 목

너머로 넘겨야 했다.

공원에는 세 개의 스프링클러가 있었다. 벤자민 프랭클린의 앞에 하나, 옆에 하나, 그리고 뒤에 하나가 있었다. 그것들은 모두 원을 그리며 돌아가고 있었다. 나는 벤자민 프랭클린이 참을성 있게 거기 서 있는 것을 보았다.

벤자민 프랭클린 옆에 있는 스프링클러가 왼쪽의 나무를 때렸다. 물줄기는 나무 그루터기를 치고 나뭇잎 몇 개를 떨어뜨린 다음 가운데 나무를 때렸는데, 나무 그루터기를 세게 때려서 더 많은 나뭇잎들이 떨어져내렸다. 그런 다음, 물줄기는 벤자민 프랭클린의 동상을 때려서 돌로 된 석조 받침대의 옆을 적시고 안개를 피어 올렸다. 벤자민 프랭클린의 발은 물에 젖었다.

강렬한 햇살이 머리 위로 쏟아졌다. 해는 뜨겁고 환했다. 잠시 후 태양은 나를 불편하게 했다. 비트족 위로는 시원한 그늘이 내리덮고 있었다. 그 그늘은 '정신적인' 불로부터 금속의 호수를 구한 금속 소방관인 릴리 히치콕 코이트*의 동상에서 내려온 것이었다. 비트족은 이제 벤치에 누워 있었으며, 그늘은 그보다 2피트 더 길었다.

내 친구 중 하나가 그 동상에 대해 시를 썼다. 제기랄, 그가 시를 하나 더 써서 그것이 나보다 2피트 더 긴 그늘을 내게 제공해주었더라면 좋았을 텐데.

'빨간 드레스의 여인'에 대해서는 내가 옳았다. 왜냐하면 십 분 후, 그들은 일제 사격으로 존 딜린저를 모래상자 속에 처박았기 때문이다. 기관총 소리에 놀란 비둘기들이 교회를 향해 날아갔다.

내 딸은 곧바로 커다란 차에 실려갔다. 그 애는 어려서 아직 말을 할 수 없었지만, 그건 별문제가 아니었다. 어쨌거나 빨간 드레스의 여인이 그 모든 일을 저질렀기 때문이다.

존 딜린저의 시체는 신사용 화장실보다는 숙녀용 화장실 쪽으로 기운 채 모래상자에 반쯤 걸쳐 있었다. 그는 동물성 마가린이 비계처럼 흰색이던 옛날의 동물성 마가린 캡슐처럼 피를 흘렸다.

그 커다란 검은색 차는 박쥐처럼 반짝거리며 거리를 올라가더니, 필버트와 스탁턴 사이에 있는 아이스크림 가게에서 멈추었다.

요원 하나가 들어가더니, 200개의 더블 아이스크림콘을 사왔다. 그것을 운반하기 위해 그는 손수레를 사용해야 했다.

내가 마지막으로 본 미국의 송어낚시

우리가 마지막으로 만난 것은 7월에 아이다호 주 케첨에서 10마일 떨어진 빅 우드 강에서였다. 그때는 헤밍웨이가 자살한 직후였는데, 난 그 사실을 알지 못했다. 수주일 뒤 샌프란시스코에 돌아와서 〈라이프〉지를 보고서야 알게 되었다. 표지에 헤밍웨이의 사진이 실려 있었다.

"헤밍웨이가 왜 그랬을까?" 하고 나 자신에게 물어보았다. 나는 잡지를 들고 그의 사망기사가 실린 페이지를 폈다. 미국의 송어낚시는 그 이야기를 내게 해주지 않았다. 하지만 그는 알고 있었으리라고 나는 확신한다. 아마 그는 깜빡 잊었을 것이다.

같이 여행하던 아내가 생리통이 생겨서 잠시 쉬고 싶어했기 때문에, 나는 아이와 낚시도구를 들고 빅 우드 강으로 갔다. 바로 거기서 나는 미국의 송어낚시를 만났다.

나는 튼튼한 낚싯줄을 강에다 던졌고, 그것이 물결을 타고 흔들리다가 물가 가까이 가도록 놔두었다. 그것은 거기서 천천히 나부꼈고, 미국의 송어낚시는 우리가 이야기하는 동안 아이를 봐주었다.

내 기억에, 그는 아이에게 색깔 있는 공깃돌을 주고 갖고 놀라고 했다. 그 애는 그를 좋아했고, 그의 무릎 위에 올라앉아 그의 주머니에 공깃돌을 넣기 시작했다.

우리는 몬태나 주의 그레이트 폴스에 대해 이야기했다. 나는 미국의 송어낚시에게 내가 어렸을 적 그레이트 폴스에서 보낸 겨울 이야기를 해주었다. "그때는 전쟁중이었고, 나는 디나 더빈이 나오는 영화를 일곱 번이나 봤지."라고 말했다.

아이는 미국의 송어낚시의 주머니에 푸른색 돌을 집어넣었다. 그는 이렇게 말했다. "나도 그레이트 폴스에 많이 가봤지. 인디언들과 모피상들이 생각나는군. 루이스와 클라크*도 기억이 나. 하지만 디나 더빈 영화를 본 기억은 없어."

"무슨 말인지 알아." 내가 말했다. "그레이트 폴스에 있던 다른 사람들은 나만큼 디나 더빈을 좋아하지 않았어. 극장은 언제나 텅 비었지. 그 극장에는 어둠이 덮여 있었어. 아마 밖에는 눈이 있었고, 안에는 디나 더빈이 있어서 그랬나봐. 왜 그랬는지는 모르겠어."

"그 영화 제목이 뭐였지?" 미국의 송어낚시가 물었다.

"몰라." 내가 말했다. "그 여자는 노래를 많이 불렀어. 어쩌면 그 여자는 대학에 가고 싶어했던 코러스 걸이었는지도 모르겠어. 부자였는지도 모르겠고. 또는 그들이 돈이 필요했고, 그래서 그 여자가 그랬는지도 모르지. 어쨌든 그 여자는 노래를 부르고 또 불렀어! 하지만 하나도 생각이 안 나.

어느 날 오후, 또 디나 더빈 영화를 본 뒤 나는 미주리 강으로 내려갔지. 강은 군데군데 얼어 있었어. 거기엔 철교가 있었다. 미주리 강이 변하지 않았고, 디나 더빈처럼 보이기 시작해서 난 안심이 되었지.

나는 어린 시절부터 늘 미주리 강을 따라 걸으면 그 강이 디나 더빈 영화 같을 거라는 공상을 하곤 했지. 어쩌면 그 여자는 대학에 가고 싶어했던 코러스 걸이었는지도 몰라. 부자였는지도 모르겠고 아니면 그들이 돈이 필요해서 그 여자가 그랬는지도 모르지.

오늘날까지도 나는 내가 왜 그 영화를 일곱 번이나 보았는지 모르고 있어. 그건 〈칼리가리 박사의 캐비닛〉만큼이나 지루했거든. 미주리 강이 아직도 거기 있을까?"

"아직 거기에 있어."라고 미국의 송어낚시가 웃으며 말했다. "하지만 디나 더빈처럼 보이지는 않아."

아이는 미국의 송어낚시의 셔츠 주머니에 열두 개 정도의 색깔 공깃돌을 집어넣었다. 그는 나를 보며 웃었고, 내가 그레이트 폴스에 대해 계속 말하기를 기다리고 있었다. 하지만 바로 그때, 내 낚시찌가 요동을 했다. 나는 낚시를 낚아챘으나, 물고기는 도망치고 말았다.

미국의 송어낚시가 말했다. "난 방금 도망친 그놈을 잘 알아. 넌 결코 그놈을 잡을 수 없어."

"오, 그래." 내가 말했다.

"안 됐군." 미국의 송어낚시가 말했다. "다시 해보지 그래. 두어 번은 더 미끼를 물 거야. 하지만 넌 그놈을 잡지 못해. 특별히 영리해서가 아니라, 운이 좋아서야. 때로는 운이 제일 중요해."

"그래." 내가 말했다. "네 말이 맞아."

나는 다시 낚시를 드리우고 그레이트 폴스에 대한 이야기를 계속했다.

그런 다음, 나는 몬태나 주 그레이트 폴스에 대한 가

장 하찮은 것 열두 가지를 외워서 말했다. 가장 중요하지 않은 열두 번째 것으로 나는 이렇게 말했다. "그래, 아침에 전화벨이 울리곤 했지. 나는 일어났지만, 전화를 받을 필요는 없었지. 그건 벌써 몇 년 전에 이미 다 처리된 거니까."

"밖은 아직 어두웠고, 호텔 방의 노란 벽지도 아직 전구의 불빛을 받고 있는 시간에 나는 옷을 입고 계부가 밤새 요리하는 식당으로 갔지."

"난 핫케이크와 달걀 같은 것으로 아침식사를 했지. 그리고 계부는 내 점심을 만들어주셨는데, 언제나 똑같은 파이와 싸늘하게 식은 돼지고기 샌드위치였어. 그런 다음, 난 학교로 걸어가곤 했지. 아니, 우리 셋이서. 즉 나와 파이와 돼지고기 샌드위치의 삼위일체가 말이야."

"다행히 그것은 어느 날 그쳤어. 내가 성장해서라거나 하는 심각한 이유도 없이 말이야. 우리는 짐을 싸서 버스를 타고 마을을 떠난 거야. 그게 바로 몬태나의 그레이트 폴스였어. 미주리 강이 아직 거기 있다고 했지?"

"그래, 하지만 디나 더빈 같아 보이지는 않아." 미국의 송어낚시가 말했다. "난 루이스가 그 폭포를 발견하던 날을 기억하고 있어. 그들은 해 뜰 때쯤 캠프를 떠나 몇 시간 후에 아름다운 평원에 도착했는데, 거기에는 지금까지 한 장소에 그렇게 많이 있는 것을 본 적이 없는 들소들이 있었어. 그들은 계속 갔는데, 갑자기 멀리서 폭포 소리를 듣게 된 거야. 그러고는 솟아오르는 물기둥이 나타났다가 사라지는 것을 보았지. 그들은 점점 더 커진 폭포 소리를 따라갔지. 잠시 후 물소리는 엄청나게 커졌고, 그들은 미주리 강의 그레이트 폭포에 오게 된 거야. 그들은 정오쯤 그곳에 도착했어."

"그날 오후 멋진 일이 있었지. 그들은 폭포 아래로 낚시를 갔는데, 여섯 마리의 커다란 송어를 잡았어. 16에서 23인치나 되는 놈들로 말이야."

"그게 1805년 6월 13일이었지."

"아냐. 미주리 강이 디나 더빈의 영화나 대학에 가고 싶어하는 코러스 걸처럼 보이기 시작했다 해도, 난 루이스가 그걸 알아차렸으리라고는 생각하지 않아." 미국의 송어낚시가 말했다.

캘리포니아의 관목 숲에서

✛

미국의 송어낚시와 헤어져 집으로 돌아왔다. 고속도로는 내 목 부근에서 그의 기다랗고 부드러운 닻을 구부렸다가 멈추었다. 지금 나는 이곳에 살고 있다. 내가 여기, 밀 계곡 위의 이 기묘한 오두막집에 오기까지는 내전 인생이 걸렸다.

우리는 파드와 그의 여자친구와 함께 머물고 있다. 그들은 100달러를 내고 6월 15일부터 9월 15일까지 석 달 동안 별장 하나를 세냈다. 여기서 함께 살고 있는 우리는 모두 우스꽝스런 인간들이다.

파드는 브리티시 나이지리아에서 오클라호마 주 출신인 미국인 부모 밑에서 태어났다. 그는 두 살 때 미국으로 건너와서, 오리건 주, 워싱턴 주, 아이다호 주에서 목장을 돌보는 아이로 자라났다.

그는 2차대전 중에는 독일군에 대항하여 싸운 기관총 사수였다.

그는 프랑스와 독일에서 싸웠다. 하사관 파드. 전쟁터에서 돌아온 그는 아이다호의 어느 시골 대학에 다녔다.

대학을 졸업한 후 그는 파리로 가서 실존주의자가 되었다.

그는 길가의 카페에 실존주의와 함께 앉아 있는 자기 자신의 모습을 사진으로 찍었다. 사진 속의 파드는 턱수염을 기르고 있었는데, 자신의 몸 안에 담기에는 너무 큰 영혼을 지니고 있는 것처럼 보였다.

파리에서 미국으로 돌아온 후, 그는 샌프란시스코 만에서 예인선의 선원으로 일했으며, 아이다호의 필러에서는 기관차 창고에서 철도원으로 일하기도 했다.

물론 그러는 동안 그는 결혼을 했으며 아이도 낳았다. 그러나 아내와 아이는 지금 어디론가 가버리고 없다. 그들은 '20세기'의 변덕스런 바람에 의해 떨어진 사과처럼 어디론가 날아가버렸다. 그것은 언제 어디서나 존재하는 변덕스런 바람 탓일 것이다. 가을에 낙엽처럼 떨어져버린 가족.

그는 아내와 헤어지고 난 후 애리조나로 가서 신문사의 기자 겸 편집인이 되었다. 멕시코 국경지방의 작은 도시 나코에서 그는 밤새도록 춤을 췄으며, 메스칼 트리운포를 마셨고, 카드놀이를 했으며, 총탄구멍이 가득한 자기 집 지붕을 쏘고 또 쏘았다.

파드는 어느 날 아침 나코에서 자신이 아직 술에 잔뜩 취해서 비틀거리던 일을 이야기해주었다. 그의 한 친구가 위스키병을 놓고 옆 탁자에 앉아 있었다.

파드는 손을 뻗어 의자에서 총을 집어들고는 위스키병을 겨누어 방아쇠를 당겼다. 그러자 그의 친구는 수많은 유리조각과 피와 위스키를 뒤집어쓰게 되었다.

"도대체 이게 무슨 짓이냐?" 친구가 외쳤다.

이제 30대 후반이 된 파드는 시간당 1달러 35센트를 받고 인쇄소에서 일한다. 그곳은 일종의 아방가르드 인쇄소이다. 그곳에선 시와 실험적인 산문을 인쇄한다. 그곳에선 라이노 타이프를 다루는 대가로 파드에게 시간당 1달러 35센트씩을 지급한다. 사실 홍콩이나 알바니아를 제외하면, 시간당 1달러 35센트짜리 라이노 타이프 작동수를 찾기란 매우 어렵다.

간혹 인쇄소에는 파드가 작업하는 데 꼭 필요로 하는 납 활자조차 없을 때도 있다. 인쇄소 사람들은 그것을 마치 비누처럼 한 번에 겨우 한두 개씩밖에 사지 않는다.

파드의 여자친구는 유대인이다. 그녀는 이제 스물네 살인데, 중증 간염에서 겨우 회복되고 있는 중이다. 그녀는 〈플레이보이〉지에 나올 만한 자신의 누드사진으로 파드를 놀리곤 한다. "아무 걱정 말아요." 그녀는 말한다. "그 사진이 나온다 해도, 그건 단지 천이백만의 남자들이 내 몸에 붙어 있는 젖가슴을 보는 것에 불과하니까요."

이 모든 것이 그녀에겐 단지 우스꽝스러운 일에 지나지 않는다. 그녀의 부모는 돈이 많다. 그래서 그녀가 캘리포니아 관목 숲의 다른 쪽 방에 앉아 있을 때에도, 그녀는 사실 뉴욕에 있는 그녀의 아버지에게 고용되어 있는 셈이다.

우리가 먹는 것은 재미있고, 우리가 마시는 것은 더욱더 유쾌하다. 칠면조 고기, 프랑스산 갈로 포도주, 핫도그, 수박, 파파이스 과자, 연어 크로켓, 살짝 얼린 과즙 프래피스, 크리스천 브라더스 포트 와인, 오렌지색 호밀빵, 서양참외인 캔터롭스, 파파이 샐러드, 치즈. 술, 음식, 그리고 파파이스 과자.

파파이스 과자라고?

우리는 《도둑 일기》, 《이 집을 불태워라》, 《벌거벗은 점심》 같은 책을 읽는다.*

'포르투갈 동부에 있는 한 작은 도시의 시장이 어느 날 성기가 가득 든 수레를 밀면서 시청으로 들어갔다. 그는 비천한 가문 출신이었다. 그는 뒷주머니에 여자 구두 한 짝을 넣고 다녔다. 그것은 밤새 그의 뒷주머니 속에 있었다.' 그런 것들이 우리를 웃겼다.

이 별장의 여주인은 가을에 돌아올 예정이다. 그녀는 유럽에서 여름을 보내고 있다. 하지만 그녀는 돌아온다 하더라도 일주일에 하루, 즉 토요일에만 이곳에 머물 것이다. 그녀는 밤을 두려워하기 때문에 밤에는 여기에 있지 않을 것이다. 이곳에는 그녀를 두렵게 하는 그 무엇인가가 있다.

파드와 그의 여자친구는 오두막에서 자고, 아이는 지하실에서 자며, 우리는 바깥 사과나무 밑에서 잔다. 우리는 샌프란시스코 만을 바라보려고 새벽에 잠에서 깨어나며, 그런 다음엔 다시 잠이 들었다가 또 깨어나는데, 이번엔 매우 이상한 일이 일어난다. 그 후 우리는 다시 잠이 들고, 동틀 녘에 다시 깨어나서 샌프란시스코 만을 바라본다.

그 후 우리는 다시 잠이 들고, 해는 시간이 흘러가는 속도에 맞추어 차츰차츰 하늘 위로 떠올라, 언덕 바로 아래에 있는 유칼리 나무의 가지에 머물면서 우리를 시원하게 해주고, 그늘 속에서 잠들게 해준다. 그러다가 마침내 햇살이 나무꼭대기 너머로 비처럼 퍼부어지면, 우리는 별 수 없이 일어나야 한다. 뜨거운 태양이 우리를 사정없이 비추고 있기 때문이다.

우리는 집으로 들어가서 아침식사를 한답시고 두 시간 동안 온갖 수다를 떤다. 함께 둘러앉아 있는 우리는 차츰 제정신이 들기 시작한다. 마지막 커피, 그리고 다시 마지막 커피, 그리고 또다시 마지막 커피를 다 마실 때쯤이면 어느새 점심식사로 무엇을 먹을 것인가를 궁리하거나, 아니면 페어팍스에 있는 굿윌*에 가봐야 할 시간이 된다.

우리는 이곳 밀 골짜기 위의 캘리포니아 관목 숲 속에서 이렇게 살고 있다. 유칼리 나무만 없다면 우리는 밀 골짜기의 주요 간선도로를 바로 내려다볼 수도 있을 것이다. 우리는 차를 100야드쯤 떨어진 곳에 주차하고, 여기까지 줄곧 터널과 같은 길을 따라 걸어올라와야 한다.

만약 파드가 전쟁중에 기관총으로 살해한 독일병사들이 모두 다시 살아나서 군복을 입은 채로 이곳 주변에 서 있는다면, 그 광경은 우리를 꽤 당혹스럽게 만들 것이다.

좁은 오솔길을 따라 블랙베리 숲의 훈훈하고 향긋한 냄새가 풍겨오며, 그 오솔길을 가로질러 신부(新婦)처럼 보상 없이 쓰러져 죽은 나무 주변에는 늦은 오후면 메추라기떼가 모여든다. 때로 나는 그곳으로 가서 메추라기떼를 날아오르게 한다. 내가 그곳으로 내려가는 까닭은, 단지 그들을 나무 밑에서 저 멀리 날아오르게 하기 위해서다. 그것들은 참으로 아름다운 새들이다. 그들은 날개를 활짝 편 채, 언덕 아래로 날아간다.

 오, 그놈이야말로 왕이 되기 위해 태어난 놈이었다. 스코틀랜드 양골담초 사이로 내려와 노란 풀밭에 버려진 전복된 자동차를 살펴보고 있는 바로 저놈. 잿빛 날개가 달린 바로 저놈.

 지난주 어느 날, 새벽이 거의 반쯤 지났을 무렵, 나는 사과나무 아래서 잠에서 깨어나 개 짖는 소리와 내 쪽으로 급히 달려오는 동물의 발걸음 소리를 들었다. 밀레니엄이라도 도래했단 말인가? 아니면, 사슴 발을 한 러시아인들이 침략이라도 했단 말인가?

 나는 눈을 뜨고 사슴 한 마리가 곧장 나를 향해 달려오는 모습을 바라보았다. 그건 머리 위에 커다란 뿔이 난 수사슴이었다. 그 뒤를 경찰견 한 마리가 쫓아오고 있었다.

컹컹! 쿵쿵쿵, 쿵쿵쿵! 쿵! 쿵!

그러나 사슴은 전혀 비켜가려 하지 않았다. 나를 향해 계속 똑바로 달려오고 있을 뿐이었다. 그때는 그놈이 나를 발견한 지 1~2초가 지난 상태였다.

컹컹! 쿵쿵쿵, 쿵쿵쿵! 쿵! 쿵!

그 사슴이 지나갈 때 손을 내밀었다면 몸을 만질 수도 있었을 것이다.

그놈은 집을 돌아 변소를 한 바퀴 빙 돈 후 계속 달려갔고, 그 뒤에는 경찰견이 계속 쫓아가고 있었다. 이윽고 그것들은 자기들 뒤에 화장지를 마치 시냇물의 흐름처럼 남겨놓은 채, 그리고 화장지가 흘러가면서 관목 숲과 포도나무덩굴을 휘감아 가도록 한 채, 함께 언덕 너머로 사라져갔다.

그때 암사슴이 뒤따라 나타났다. 그 암사슴은 똑같은 길을 따라나섰지만, 그리 빠르게 움직이지는 않았다. 암사슴의 머릿속은 사실 딸기 생각으로 가득 차 있었는지도 몰랐다.

"잠깐!" 내가 소리쳤다. "그만하면 됐어. 그걸로 충분해! 나는 지금 신문을 팔고 있는 것이 아니야!"

암사슴은 가던 길에서 발걸음을 멈추고, 내게서 25피트쯤 떨어진 곳에서 몸을 돌려 유칼리 나무 근처로 다시 내려왔다.

　자, 이런 식으로 지금 하루하루가 흘러가고 있다. 나는 그들이 오기 직전에 깨어난다. 동트는 새벽과 일출 때 깨어나는 것처럼 나는 그들 때문에 잠에서 깨어난다. 그들이 지금 오고 있다는 것을 문득 느끼며.

미국의 송어낚시 쇼티에 대한 마지막 언급

✣

토요일은 가을의 첫날이었고, 성 프란시스코 교회에서는 축제가 열렸다. 더운 날씨였다. 축제장소에서 돌아가는 커다란 놀이바퀴는 음악적 우아함을 갖춘, 원형으로 구부린 온도계처럼 돌아가고 있었다.

하지만 이 모든 것들은 아내가 딸을 임신하고 있던 때를 생각나게 했다. 그때 우리는 새로운 아파트로 막 이사 왔고, 아직 불도 켜기 전이었다. 우리는 미처 풀지 않은 박스들에 둘러싸여 있었고, 촛불은 마치 접시의 우유처럼 타오르고 있었다. 그래서 우리는 그때 아이를 만들었고, 잘 만들었다고 생각했다.

옆방에서는 친구가 자고 있었다. 돌이켜 보건대, 우리

때문에 그 친구가 깨지 않기를 바랐지만, 그 녀석은 그 뒤로 수백 번도 더 잠이 깨었다가 잠들었다.

아내가 임신중에 나는 점점 커지는 아내의 배를 순진하게 바라보면서도, 뱃속의 그 아이가 미국의 송어낚시 쇼티를 만나게 되리라고는 전혀 생각하지 못했다.

토요일 오후에 우리는 워싱턴 광장에 갔다. 아이를 잔디밭에 내려놓자, 그 애는 벤자민 프랭클린 동상 옆 나무 아래 앉아 있는 미국의 송어낚시 쇼티에게로 달려갔다.

그는 오른쪽에 있는 나무에 기대 있었다. 그의 휠체어에는 마치 이상한 식료품 가게처럼 마늘 소시지와 빵들이 놓여 있었다.

아이는 그리로 가서 그의 소시지 중 한 개를 쥐려고 했다.

미국의 송어낚시 쇼티는 즉각 신경을 곤두세웠으나 그것이 아이라는 것을 알고는 긴장을 풀었다. 그는 아이를 불러서 다리가 없는 자기 무릎에 앉히려고 했다. 그 애는 휠체어 뒤에 숨어 한 손을 바퀴 위에 올려놓은 채 금속 너머로 그를 바라보았다.

"이리 오너라, 아가." 그가 말했다. "이리 와서 미국의 송어낚시 쇼티를 좀 보렴."

바로 그 순간, 벤자민 프랭클린 동상은 교통신호처럼 녹색으로 변했다. 그때 아이는 공원의 끝에 있는 모래상자를 발견했다.

　　갑자기 그 아이에게는 모래상자가 미국의 송어낚시 쇼티보다 더 좋아 보였다. 이제는 소시지에도 관심이 없어졌다.

　　그 애는 녹색의 빛을 이용해 그 모래상자 쪽으로 갔다.*

　　미국의 송어낚시 쇼티는 마치 둘 사이의 공간이 점점 더 커지는 강이나 되는 것처럼 그녀를 바라보고 있었다.

미국의 송어낚시 평화를 위한 증인

ꝏ

샌프란시스코에서는 작년 부활절 때 미국의 송어낚시 평화 퍼레이드가 열렸다. 그들은 수천 장의 빨간 스티커를 인쇄해서 자기들의 작은 외제차나, 전봇대 같은 국가적 통신수단에다 붙이고 다녔다.

그 스티커엔 '미국의 송어낚시 평화를 위한 증인'이라고 씌어 있었다.

고등학교와 대학에서 의식화된 이들 공산주의자들은 공산주의자 목사들과 마르크시즘을 배운 자녀들과 함께 40마일 떨어진 공산주의 본부가 있는 서니베일에서 샌프란시스코까지 행진했다.

샌프란시스코까지 걷는 데는 나흘이 걸렸다. 그들은

행진하는 동안 여러 마을에서 밤을 보냈는데, 동료 공산주의자들의 집 잔디밭에서 잠을 잤다. 그들은 공산주의 미국의 송어낚시 평화선전 포스터를 갖고 다녔다.

"옛 낚시 구멍에 수소탄을 던지지 말라!"

"아이작 월튼도 수소탄을 싫어했을 것이다!"

"제물낚시는 좋다! 그러나 대륙간 탄도 미사일은 싫다!"

그들은 다른 많은 미국의 송어낚시 평화 선전물을 갖고 다녔는데, 모두 공산주의의 세계정복 슬로건을 담고 있었다.* 간디식의 비폭력 트로이의 목마 같은.

공산주의 음모에 의해 의식화된 그 젊은 핵심분자들이 샌프란시스코에 있는 오클라호마 망명 지부인 '팬핸들'*에 도착했을 때에는, 수천 명의 다른 공산주의자들이 그들을 기다리고 있었다. 그들은 멀리 행진하지 못하는 공산주의자들이었다. 그들은 겨우 다운타운까지만 행진해온 사람들이었다.

수천 명의 공산주의자가 경찰의 호위를 받으며 샌프란시스코의 중심에 있는 유니언 광장까지 행진했다. 1960년에 있었던 공산주의자들의 시청 폭동이 그 증거지만, 경찰은 그때 수백 명의 공산주의자를 그냥 도망치도록 놔두었다. 그러나 이번 미국의 송어낚시 평화 퍼레이드 때는 마침내 기소를 했다. 경찰보호 때문에.

수천 명의 공산주의자가 샌프란시스코의 심장부로 행진해 들어갔고, 공산주의 연사들이 그들을 여러 시간 동안 선동했으며, 젊은이들은 코이트 타워를 폭파하길 원했지만, 공산주의자 목사들은 그들에게 플라스틱 폭탄을 내려놓으라고 말했다.

"그러므로 네 이웃이 네게 행하기를 원하는 것처럼, 너희도 네 이웃에게 행하라. 그러면 폭탄은 필요 없어진다."

미국은 다른 증거가 필요 없다. 간디식의 비폭력 트로이의 목마의 '붉은' 그림자가 미국을 뒤덮었고, 샌프란시스코는 그 목마의 마구간이다.

미친 강간범의 전설적인 달콤한 얘기도 이것에 비하면 시대에 뒤떨어졌다. 바로 이 순간에도 공산주의 에이전트들은 케이블카를 타는 순진한 아이들에게 미국의 송어낚시 평화 소책자들을 나누어주고 있다.

'빨간 입술'에 대한 각주 장(章)

※

캘리포니아 숲 속에서 살았기 때문에, 우리는 쓰레기 수거 서비스를 받지 못했다. 그래서 우리의 쓰레기는 이른 아침 활짝 미소 지으며 친절한 말을 건네는 환경미화원을 한 번도 만나지 못했다. 건기여서 우리는 쓰레기를 소각할 수도 없었다. 사실 우리를 포함해 모든 것이 메말라서 불붙기 쉬운 상태였다. 처음에는 쓰레기 처리가 큰 문제였지만 우리는 곧 방법을 찾아냈다.

우리는 근처에 나란히 서 있는 세 채의 빈집으로 쓰레기를 가져다놓았다. 쓰레기봉투 속에는 빈 깡통과 신문들과 껍질들과 빈 병들과 빈 파파이스 과자 케이스들로 가득 차 있었다.

우리는 세 번째 빈집에 들어갔는데, 침대 위에는 〈샌프란시스코 크로니클〉을 구독한 오래된 영수증 수천 장이 널려 있었고, 화장실에는 아직 아이들의 칫솔이 남아 있었다.

그 집 뒤에는 낡은 옥외변소가 있었다. 거기에 가려면 사과나무들과, 음식에 향기를 더해주거나 음식 맛을 버려놓을지도 모르는 이상한 향료 약초들을 지나가야 했다.

우리는 쓰레기를 그 변소까지 갖고 가서 천천히 문을 열었다. 그래야만 문이 열렸기 때문이다. 변소의 벽에는 화장지가 있었는데, 그것은 너무나 오래되어서 마치 친척처럼, 사촌처럼, 혹은 마그나 카르타*처럼 보였다.

우리는 변소 뚜껑을 열고 어둠 속으로 쓰레기를 던져 넣었다. 수 주일 동안 그렇게 하자, 이제는 뚜껑을 여는 것이 우습게 되었다. 이제는 뚜껑을 열면 깜깜한 어둠이 보이거나 쓰레기봉투의 희미한 윤곽이 보이는 것이 아니라, 꼭대기까지 차오른 환하고 분명하고 윤기나는 쓰레기봉투 더미가 보였기 때문이다.

만일 당신이 지나가는 나그네여서 일을 보러 변소뚜껑을 열었다면 화들짝 놀랐을 것이다.

변소 위에 서서 심연을 울리는 아코디언을 연주하듯

쓰레기봉투를 밟아야 하기 직전, 우리는 캘리포니아의
관목 숲을 떠났다.

클리블랜드 폐선장

✝

최근까지 클리블랜드 폐선장(廢船場)에 대해 내가 아는 것이라곤 그곳에서 여러 가지 물건을 샀던 두 친구로부터 들은 것이 전부였다. 그들 중 한 명은 커다란 창문을 하나 샀다. 그는 창틀과 유리를 합해 단지 몇 달러만을 지급했다. 매우 멋져 보이는 창문인데도 말이다.

그는 포트레로 언덕 위에 있는 자기 집의 측면에 구멍을 내고 거기에 그 유리창을 끼웠다. 이제 그는 샌프란시스코 카운티 병원의 전경을 볼 수 있게 되었다.

실제로 그는 병실 안까지 내려다볼 수 있었으며, 수백명의 환자들이 수천 번 거듭해서 읽은 탓으로 마치 그랜

드캐니언처럼 침식된 낡은 잡지들도 볼 수 있었다. 그는 환자들이 아침식사에 대해 무슨 생각을 하고 있는지까지도 들을 수 있었다.—"나는 우유가 싫어." 그리고 그들이 저녁식사에 대해 무슨 생각을 하고 있는지도 들을 수 있었다.—"나는 완두콩이 싫어." 그런 다음 그는 병원이 거대한 해초 다발들 같은 벽돌들 속에 절망적으로 뒤엉킨 채 점차 밤바다 속으로 잠겨 드는 모습도 볼 수 있었다.

그는 그 유리창을 클리블랜드 폐선장에서 샀다.

또 다른 친구는 클리블랜드 폐선장에서 철제 지붕을 하나 샀다. 그는 그것을 빅 서(Big Sur)까지는 낡은 스테이션 왜건 자동차로 실어 날랐으며, 거기서부터는 그 지붕을 등에 메고 산등성이를 따라 올라갔다. 그런 다음, 그는 지붕의 반쪽만을 등에 메고 운반했다. 그것은 결코 소풍을 가듯 유쾌하고 쉬운 일이 아니었다. 그런 다음, 그는 플레산톤에서 조지라는 노새를 한 마리 샀다. 지붕의 나머지 반을 운반한 것은 바로 그 노새였다.

노새는 그 일을 전혀 달가워하지 않았다. 진드기에 시달리고 들고양이 냄새 때문에 두려워서 고원에서 풀을 뜯지도 못했기 때문에 그는 무척 여위었다. 내 친구는 농담 삼아 조지가 200파운드나 빠졌다고 말했다. 아마도 리버모아 골짜기에 있는 플레산톤 주변의 훌륭한 포도주 재배지역이 조지에겐 산타루치아 산맥의 황야보다 훨씬 더 좋게 보였을 것이다.

내 친구의 집은 1920년대에 한 영화배우가 지은 저택이 있던 자리, 그중에서도 거대한 벽난로가 있던 자리의 바로 옆에 있는 오두막집이다. 그 저택은 빅 서로 통하는 길이 생기기도 전에 세워진 것이었다. 그 저택은 참나무와 진드기와 연어들에게 풍족한 생활의 환상을 가져다주면서, 개미처럼 일렬로 길게 늘어서 있던 노새들의 등에 실려 산 위로 운반되었다.

그 저택은 태평양 연안을 굽어볼 수 있도록 연안지대의 돌출부분에 높이 위치해 있었다. 1920년대에는 돈이 있으면 그만큼 더 많은 것을 볼 수 있었기 때문에, 그 저택에서 밖을 내다보면 고래들과 하와이 군도와 중국의 국민당까지도 볼 수 있었다.

그런데 그 저택은 수년 전에 불타 없어졌다.

그 배우도 죽었다.

그의 노새들은 비누가 되었다.

그의 정부(情婦)들은 주름살로 만든 새 둥지들이 되었다.

이제 단지 벽난로만이 할리우드에 대한 카르타고식의

경의의 표시처럼 남아 있다.

몇 주 전 나는 친구의 지붕을 보기 위해 그곳에 갔다. 흔히 사람들이 말하듯이 나는 백만 달러를 준다 해도 그 기회만은 놓치지 않았을 것이다. 지붕은 마치 일종의 여과기처럼 보였다. 만약 그 지붕과 빗줄기가 베이 메도우스에서 달리기 시합을 했다면, 나는 빗줄기 편에 내기를 건 다음, 틀림없이 따게 될 돈을 시애틀의 세계 박람회에서 쓸 계획을 세웠을 것이다.

클리블랜드 폐선장과 관련된 내 경험은, 이틀 전 그곳에서 장사꾼들이 팔고 있다는 중고품 송어하천*에 관한 소식을 들었을 때 시작되었다. 그래서 나는 콜럼버스 가에서 15번 버스를 타고 난생처음 그곳에 가보았다.

버스에는 두 흑인 소년이 내 뒤에 앉아 있었다. 그들은 처비 체커*와 트위스트에 관해 이야기하고 있었다. 그들은 처비 체커가 콧수염이 없으므로 열다섯 살밖에 안 될 거라고 생각했다. 그리고는 조지 워싱턴이 델러웨어 강을 건너는 환상이 보일 때까지 44시간 동안 트위스트 춤을 춘 다른 어떤 사람에 관해 이야기했다.

"야, 그게 진짜 트위스트 춤이라는 거지." 한 소년이 말했다.

"나라면 44시간 동안 계속해서 트위스트 춤을 추진 못

할 것 같아. 정말 엄청나게 오래 춘 거야." 다른 소년이
말했다.

나는 폐점한 채 버려져 있는 타임이라는 주유소와 50
센트짜리 셀프서비스 세차장 바로 옆에서 내렸다. 주
유소의 한쪽으로는 긴 들판이 펼쳐져 있었다. 전시(戰
時)에 그 들판에는 온갖 장비들로 뒤덮여 있었다. 그것
은 조선소 노동자들의 숙소를 짓기 위해 필요한 것들
이었다.

타임 주유소의 다른 쪽으로는 클리블랜드 폐선장이
있었다. 나는 중고품 송어하천을 보기 위해 그곳으로 내
려갔다. 폐선장의 기다란 유리 진열장은 간판들과 상품
들로 가득 차 있었다.

유리창에 붙어 있는 어떤 간판에는 세탁기를 65달러
에 판다는 내용의 광고가 있었다. 그 기계의 원가는 175
달러였다. 그건 대단히 싼 셈이었다.

또 다른 간판은 신제품과 중고품 기중기들을 선전하
고 있었다. 나는 송어하천을 움직이기 위해 몇 대의 기
중기가 필요한지 매우 궁금했다.

또 다른 간판에는 이렇게 씌어 있었다.

가족 선물 센터

전 가족을 위한 선물 목록

그 창문은 전 가족을 위한 수백 가지 품목들로 가득 차 있었다. '아버지, 제가 크리스마스 때 원하는 것이 무엇인지 아세요? 그래, 너는 무엇을 원하니, 아들아? 화장실요. 엄마, 제가 크리스마스 때 무엇을 원하는지 아세요? 그래, 무엇을 갖고 싶니, 파트리샤? 지붕을 잇는 재료요.'

먼 친척을 위해서는 유리창 옆에 정글용 그물침대가 놓여 있었고, 다른 사랑하는 사람들을 위해서는 1갤런에 1달러 10센트짜리 흑갈색 에나멜 페인트가 준비되어 있었다.

이렇게 씌어 있는 큰 간판도 있었다.

중고품 송어하천을 팝니다.
진가를 아시려면 직접 보십시오.

나는 안으로 들어가서 문 옆에 판매용으로 진열되어 있는 선박용 랜턴을 자세히 들여다보았다. 그러자 판매원이 다가와서 "무엇을 도와드릴까요?" 하고 상냥하게 물었다.

"예." 내가 말했다. "팔려고 내놓은 송어하천에 대해 알고 싶은데요, 그것에 관해 좀 말씀해주시겠습니까? 어떻게 파는지요?"

"우리는 그것을 피트 단위로 팔고 있습니다. 원하시는 만큼 적게 사실 수도 있고, 우리가 갖고 있는 것 전부를 다 사실 수도 있습니다. 오늘 아침에도 어떤 손님이 와서 563피트나 사갔습니다. 조카딸에게 생일선물로 주겠다고 하더군요." 판매원은 말했다.

"물론 폭포는 따로 팝니다. 나무, 새, 꽃, 풀과 양치류도 별도로 팝니다. 그러나 곤충들은 10피트 이상 사시는 손님께 덤으로 드리고 있습니다."

"하천은 얼마에 파십니까?" 내가 물었다.

"1피트에 6달러 50센트입니다." 그가 대답했다. "처음 100피트까진 그렇고, 그 이후에는 1피트당 5달러씩 받습니다."

"새들은 얼마지요?" 내가 물었다.

"한 마리에 35센트지요." 그가 말했다. "그러나 그것들은 물론 중고품 새들입니다. 그러므로 제품 보증은 해드릴 수 없습니다."

"하천은 폭이 얼마나 됩니까?" 내가 물었다. "길이로 판다고 하기에 물어보는 겁니다."

"우리는 그것을 길이 단위로 팔고 있습니다. 폭은 5피트에서 11피트까지 여러 가지가 있는데, 폭이 다르다고 해서 따로 값을 매기지는 않습니다." 그가 대답했다. "큰 하천은 아니지만, 꽤 쓸 만한 하천이라는 것만은 분명합니다."

"동물은 어떤 것들이 있나요?"

"사슴 세 마리만 남아 있습니다." 그의 대답이었다.

"그럼 꽃은 어떻습니까?" 내가 물었다.

"열두 송이씩 팔고 있습니다."

"하천물은 맑나요?" 내가 다시 물었다.

"손님." 그 판매원은 정색을 하며 대답했다. "우리 상점에서는 이제까지 단 한 번도 깨끗하지 않은 송어하천을 판 적이 없다는 사실을 알아주셨으면 합니다. 우리는 그것들을 옮겨주기 전에 늘 하천이 수정처럼 맑게 흐르는지를 확인하고 있습니다."

"그 개울의 수원지는 어디입니까?" 내가 물었다.

"콜로라도입니다." 그의 대답이었다.

"우리 상점에서는 아주 애지중지하며 송어하천을 취급하고 있기 때문에, 여태껏 하천을 조금도 손상시켜본 적이 없습니다. 저희는 송어하천을 마치 중국산 도자기 다루듯 하니까요."

"이런 질문을 늘 받아왔겠지만, 그 하천에서의 낚시질은 어떻습니까?"

"아주 잘됩니다. 대부분 독일산 갈색 송어인데, 가끔 무지개송어가 잡히기도 합니다."

"송어의 가격은 얼마나 됩니까?" 내가 물었다.

"송어는 그들이 현재 살고 있는 하천에 딸려서 판매됩니다. 그래서 순전히 운수소관이지요. 얼마나 많이, 또 얼마나 큰 것을 잡게 될는지는 전혀 알 수 없는 일이니까요. 그렇지만, 낚시질의 전망은 아주 양호한 편이어서 자랑할 만합니다. 미끼와 말린 날파리도 물론 그렇습니다." 그가 미소 지으며 말했다.

"그 하천은 지금 어디에 있습니까?" 내가 물었다. "한번 직접 봤으면 좋겠는데요."

"뒤편에 있습니다." 그가 대답했다. "문을 지나 쭉 가셔서 오른쪽으로 돌면 바깥으로 나가시게 됩니다. 거기에 길이별로 쌓여 있지요. 쉽게 찾으실 수 있을 겁니다. 폭포는 중고품 취급소의 이층에 있습니다."

"동물들은 어디에 있나요?"

"아직 팔리지 않아 남아 있는 동물들은 전부 하천의 바로 뒤편에 있습니다. 철로 옆 도로에 우리 트럭들이 주차해 있는데, 그 도로에서 오른쪽으로 돌아서 목재 더

미들을 지나 내려가시면 축사는 바로 그 끝에 있습니다."

"고맙습니다." 내가 말했다. "우선 폭포를 볼까 합니다. 직접 안내해주실 필요는 없으니, 가는 길만 좀 알려주십시오. 제가 찾아볼 테니까요."

"좋습니다." 그가 말했다. "이층으로 올라가셔서, 문과 유리창 문이 많이 보이는 곳에서 왼쪽으로 돌면 바로 중고품 취급소가 보일 겁니다. 혹시 도움이 될지도 모르니, 여기 제 명함을 가져가시지요."

"예." 내가 말했다. "지금까지 받은 도움만도 감사한데, 이거 정말 고맙습니다. 그럼, 잠시 둘러보고 오겠습니다."

"좋은 물건 고르시기 바랍니다." 그가 말했다.

나는 이층으로 올라갔다. 거기에는 수천 개의 문이 있었다. 나는 평생 그렇게 많은 문을 본 적이 없었다. 그 문들만 갖고도 도시 하나를 세울 수 있을 정도였다. 문들로 된 도시를 말이다. 그 밖에도 거기엔 족히 교외 주거지역 하나를 지을 만큼의 창틀 더미가 쌓여 있었다. 창문으로 된 마을을 말이다.

나는 왼쪽으로 돌아 뒤편으로 걸어갔고, 그곳에서 진주색 불빛이 희미하게 비치는 것을 보았다. 뒤쪽으로 멀리 걸어갈수록 빛은 점차 강해졌다. 다음 순간 나는 수백 개의 변기에 둘러싸인 채 중고품 판매대 안에 들어와 있었다.

변기들은 선반 위에 쌓여 있었다. 그것들은 한 번에 다섯 개씩 쌓여 있었다. 위쪽으로는 채광용 창이 있어서 변기들은 남태평양을 찍은 영화들 속에 나오는 거대한 타부 진주처럼 빛을 발하고 있었다.

폭포들은 벽에 기댄 상태로 쌓여 있었다. 그것들은 모두 열두 개 정도 되어 보였는데, 물 높이는 몇 피트 안 되는 것에서부터 10~15피트에 이르기까지 매우 다양했다.

그중에는 60피트가 넘는 것도 하나 있었다. 커다란 폭포들 위에는 각기 꼬리표가 붙어 있었는데, 거기에는 떨어지는 물줄기를 다시 되돌리는 장치의 작동방법이 적혀 있었다.

또한 폭포들은 가격이 표시된 꼬리표도 달고 있었다. 폭포는 하천보다 훨씬 비쌌다. 1피트당 19달러였다.

나는 다른 방으로 들어가보았다. 그곳에는 향기를 발산하는 목재 더미들이 쌓여 있었고, 목재 더미 뒤편의 채광용 창에서는 부드러운 노란빛이 쏟아져내리고 있었다.

그 건물의 경사진 지붕 아래에 위치한 방의 가장자리에 깔려 있는 어슴푸레한 그늘 속에는 먼지로 뒤덮인 싱크대와 소변기가 놓여 있었고, 약 17피트 길이의 폭포가 두 부분으로 접힌 채 먼지에 뒤덮여 있었다.

폭포를 실컷 구경하고 나서 나는 송어하천에 대한 강렬한 호기심에 휩싸였다. 그래서 판매원이 가르쳐준 방향을 따라 건물 밖으로 나갔다.

오, 나는 결코 살아생전에 그 같은 송어하천을 본 적이 없었다. 그것은 10, 15, 20피트의 다양한 길이로 쌓여 있었는데, 100피트짜리 하천도 한 무더기 있었다. 거기에는 또 조그만 조각으로 잘라놓은 것들도 한 상자나 놓여 있었다. 그것들은 6인치에서 2피트까지 각기 다른 사이즈로 되어 있었다.

건물 측면에는 확성기가 하나 있었는데, 그곳에서는 부드러운 음악이 은은하게 흘러나오고 있었다. 오늘은 날씨가 약간 흐린 편이었고, 하늘 저편에서는 갈매기가 원을 그리며 날고 있었다.

그 하천의 뒤편에는 나무와 덤불들이 한데 어우러진 일종의 거대한 숲이 있었다. 그것들은 누덕누덕 기운 천 조각들로 덮여 있었다. 그 관목 숲의 가장자리에는 나뭇가지의 끝 부분들과 뿌리들이 살짝 삐져나와 있었다. 나

는 가까이 다가가서 그 하천의 길이를 가늠해보았다. 물
속에서 헤엄치고 있는 송어 몇 마리가 시야에 들어왔다.
하천 바닥의 바위 틈새로는 가재 몇 마리가 기어가는 모
습이 보였다.

그것은 아주 훌륭한 하천 같았다. 흐르는 물에 손을
담가보았다. 물은 상당히 차갑고 상쾌했다.

나는 측면으로 돌아가 이번에는 동물들을 구경하러
가기로 했다. 철로 옆에는 트럭들이 주차되어 있었다.
나는 목재 더미들을 지나 도로를 따라 내려가 다시 동물
들이 있는 축사로 돌아갔다.

판매원의 말이 옳았다. 동물들은 거의 다 팔리고 없었
다. 넉넉하게 남아 있는 것이라고는 쥐들밖에 없었다.
거기에는 수백 마리의 쥐들이 있었다.

축사 옆에는 철사로 된 거대한 새장이 하나 있었는데,
그것은 높이가 약 50피트쯤 되어 보였다. 그것은 여러
가지 종류의 새들로 가득 차 있었다. 새장 꼭대기에는
캔버스가 한 장 씌워져 있어서, 비가 와도 새들이 젖지
않았다. 그 속에는 딱따구리, 야생 카나리아, 참새들이
들어 있었다.

송어하천이 쌓여 있는 곳으로 돌아오던 도중, 나는 벌
레들을 발견했다. 그것들은 1제곱피트에 80센트씩 하는

조립식 철제 건물 안에 가두어져 있었다. 문 위에는 표지판이 하나 걸려 있었으며, 거기에는 다음과 같이 씌어 있었다.

'벌레들'

완벽한 레오나르도 다 빈치에게 경의 표하기

✢

비 내리는 샌프란시스코의 이 빌어먹을 겨울날 나는 레오나르도 다 빈치의 환상을 보았다. 아내는 노예처럼 하루도 쉬지 못한 채, 일을 나가고 없었다. 아내는 아침 여덟 시에 파월 앤드 캘리포니아 회사로 출근했다. 나는 여기 통나무 위에 두꺼비처럼 앉아서 레오나르도 다 빈치에 대해 꿈꾸고 있다.

꿈속에서 다 빈치는 사우스 벤드 낚시도구 회사의 직원이었지만, 다른 옷을 입고 있었고, 다른 억양으로 말을 했으며, 다른 어린 시절을 보낸 사람이었다. 어쩌면 그는 어린 시절을 미국의 뉴멕시코 주 로즈버그나 버지니아 주 윈체스터에서 보냈는지도 모른다.

나는 그가 미국의 송어낚시를 위해 새로운 회전낚시 미끼를 발명하는 것을 보았다. 그는 우선 자신의 상상력을 발휘한 다음, 금속과 안료와 낚시를 갖고 작업에 매달렸다. 그는 이것 조금 저것 조금으로 이렇게도 저렇게도 해보더니, 드디어 미끼를 발명해냈다.

　그는 자신의 상사들을 불러들였다. 그들은 그 미끼를 보더니 모두 기절했다. 그는 쓰러진 사람들 사이에 홀로 서서 그 미끼를 손에 들고 이름을 붙였다. '최후의 만찬.' 그런 다음 그는 자신의 상사들을 깨웠다.

　한 달도 못 되어 그 미끼는 히로시마나 마하트마 간디 같은 경박한 성취들을 훨씬 능가하는 20세기 최고의 상품이 되었다. 수백만 개의 '최후의 만찬'이 미국에서 팔렸다. 바티칸의 교황청은 1만 개를 주문했는데, 바티칸에는 사실 송어도 없었다.

　증언들이 쏟아졌다. 34명의 미합중국 전 대통령들은 이렇게 말했다. "난 '최후의 만찬'으로 지금까지의 낚시 기록을 깼습니다."

미국의 송어낚시 펜촉

✢

그는 크리스마스 트리용 나무들을 베기 위해 오리건 주 동부의 체몰트에 갔다. 그는 아주 작은 회사에서 일하고 있었다. 그는 나무들을 베고, 밥을 지어먹은 다음, 부엌 마룻바닥에서 잠을 잤다. 날씨는 추웠고, 눈이 쌓여 있었다. 마룻바닥은 딱딱했다. 일을 하다가 그는 우연히 낡은 공군 비행 재킷을 구했는데, 그게 추위를 막는 데 큰 도움이 되었다.

그가 거기서 본 유일한 여자는 300파운드나 나가는 인디언 여자뿐이었다. 그녀에게는 열다섯 살짜리 쌍둥이 딸들이 있었다. 그는 그 처녀들과 사귀고 싶었지만, 인디언 여자는 그를 자기와 사귀도록 만들었다. 그녀는 그런 일을 아주 영리하고 능숙하게 해냈다.

회사는 그가 거기 있는 동안에는 월급을 주지 않았다. 샌프란시스코로 돌아오면 그때 한꺼번에 주겠다는 것이었다. 그는 당시 무일푼이었기 때문에 그 일을 맡았다. 그는 정말 땡전 한 푼 없었다.

그는 기다렸고, 눈 속에서 나무들을 베었으며, 인디언 여자와 잠을 잤고, 거친 음식을 조리해 먹었으며—그들은 돈이 빠듯했다—설거지도 했다. 그런 다음, 그는 공군 재킷을 입은 채 부엌 마루에서 잠을 잤다.

마침내 그들이 나무를 갖고 도시로 내려왔을 때, 회사는 그에게 지급할 돈이 없었다. 그는 회사가 그 나무를 다 팔아 돈을 마련할 때까지 오클랜드의 매장에서 기다려야 했다.

"멋진 트리 사세요, 사모님."

"얼마지요?"

"10달러입니다."

"너무 비싸요."

"여기 멋진 2달러짜리도 있습니다. 사모님. 사실 이건 아직 어린나무지만, 벽에 세워놓으면 보기 좋을 겁니다."

"그걸로 하죠. 내 풍향계 바로 옆에 놓겠어요. 이 나무는 풍향계에 붙어 있는 여왕의 드레스와 색이 똑같네요. 그걸 사겠어요. 2달러라고 했지요?"

"그렇습니다, 사모님."

"여보세요? 예…… 그렇습니다…… 예…… 숙모님 관 속에 크리스마스 트리를 넣어 묻으시겠다고요? 숙모님 유언이라고요? 아, 관 사이즈를 갖고 계신다고요? 좋습니다. 사이즈에 맞는 트리가 마침 여기 있습니다."

드디어 그는 돈을 받았다. 그는 샌프란시스코에 와서 르 뵈프 레스토랑에서 저녁으로 스테이크를 먹는 등 좋은 음식을 먹었으며, 잭 다니얼 같은 좋은 술도 마셨고, 필 모어 거리에 가서 젊고 예쁜 흑인 창녀도 구해 앨버트 베이컨 폴 호텔에 가서 잠을 자기도 했다. 다음날 그는 마켓 가에 있는 고급 문구점에 가서 황금펜촉*이 달린 80달러짜리 만년필을 샀다.

그는 내게 그걸 보여주며 말했다. "이걸로 써, 하지만 이건 세게 눌러쓰면 안 돼. 황금펜촉이거든. 황금펜촉은 예민해서 말이야. 얼마 지나면 이건 쓰는 사람의 성격을 닮게 돼. 다른 사람은 쓸 수가 없게 되는 거지. 이 펜은 쓰는 사람의 그림자와도 같아. 이 펜만 있으면 돼. 하지만 조심해야 해."

나는 미국의 송어낚시 황금펜촉이 종이에 눌러 만들

어내는, 강변을 따라 서 있는 서늘한 녹색 나무들과 야
생화와 송어의 검은 지느러미는 정말이지 얼마나 아름
다울까 하고 생각했다.

마요네즈 장(章) 서곡

✢

에스키모인들은 평생 얼음 속에서 살지만 그들의 말
에는 '얼음'이라는 말이 없다.
─《인간, 그 첫 100만 년》, M. F. 애슐리 몬태규

인간의 언어는 동물의 의사소통 수단과 비슷하면서도
아주 다르다. 많은 사람이 언어의 기원을 추측해왔지
만, 우리는 언어의 진화 역사를 잘 알지 못한다. 예컨
대 인간의 언어는 동물의 소리를 모방했다는 '멍멍
이론'도 있고, 자연의 소리를 흉내 냈다는 '딩동 이
론'도 있다. 혹은 거친 고함이나 감탄의 소리를 흉내
냈다는 '푸푸 이론'도 있다. 화석에서 발견되는 인류

의 조상이 말을 할 수 있었는지 아닌지 알 수 있는 방법은 없다. 언어는 화석을 남기지 않기 때문이다. 적어도 문자로 쓰이기 전까지는 말이다.
—《자연 속의 인간》, 마스턴 베이츠

하지만 나무 위의 동물 중 문화를 시작할 수 있는 동물은 없다.
—《인간의 황혼》중 〈인간의 유인원적 근원〉 어니스트 앨버트 후턴

인간의 필요를 표현한다면, 나는 언제나 '마요네즈'로 끝나는 책을 쓰고 싶었다.

마요네즈 장(章)

❋

1952년 2월 3일

플로렌스와 하브에게,

방금 에디스에게 미스터 굿의 죽음에 대해 들었어. 심심한 조의를 표한다. 그는 길고도 훌륭한 생을 누렸고 더 좋은 곳으로 갔어. 우리 모두 그렇게 될 줄 알고 있었지. 비록 그는 몰랐겠지만, 너희가 어제 그를 볼 수 있었던 것은 좋은 일이야. 너희를 위해 기도와 사랑을 보낸다. 곧 만나자. 신의 축복 있기를

사랑하는 엄마와 낸시가

추신 :

마요네즈* 주는 걸 깜빡 잊어서 미안해.

보충 설명

해설

작가 인터뷰

Trout Fishing in America

미국의 송어낚시

* 원본《미국의 송어낚시》의 표지에 있는 사진을 가리키며 이 번 역본에는 10페이지에 옮겨놓았다. 이후 본문에 나오는 '표지' 는 모두 이 사진을 가리킨다.

* 벤자민 프랭클린(Benjamin Franklin): 피뢰침 발명가로 유명한 초기 미국의 과학자이자 사상가. 자신의《자서전》을 통해 근면, 성실, 정직 같은 미덕으로 '아메리칸 드림'의 실현 가능성을 주 장했다. 이 책의 첫 장에 그의 동상이 등장하는 이유는 이상주 의자 프랭클린이 낙관적으로 믿고 또 주장했던 '아메리칸 드 림'을 통렬하게 조롱하고 비판하기 위해서이다.

* 애들라이 스티븐슨(Adlai Stevenson): 1952년과 1956년에 민주 당 대통령 후보로 공화당의 아이젠하워에게 패배함. 스티븐슨 은 프랭클린식의 성공주의를 비판하고, 소수의 부유층 뒤에는 다수의 빈곤층이 있다고 지적하며 민중들을 위한 개혁을 주장 했으나, 냉전 이데올로기에 편승한 공화당의 정책이 성공해 미 국인들은 아이젠하워를 선택했고, 이후 미국은 극심한 실업률 과 불경기를 겪었다.

* 프란츠 카프카: 20세기 초 독일어 문화권을 대표하는 작가로서 《변신》,《성(城)》,《심판》같은 부조리소설을 썼다. 카프카는 여 기서 부조리한 미국의 현실을 풍자하기 위해 인용되고 있다.

* 교회와 무료 샌드위치: 가난한 사람들에게는 정부뿐 아니라 교

회도 궁극적인 구원이 될 수 없음을 상징한다.

나무 두드려보기 1

* 피츠버그: 미국 펜실베이니아 주에 있는 철강산업으로 유명한 도시. 송어하천과는 정반대의 이미지.
* 앤드루 카네기: 미국의 철강 왕. 그의 목가적인 송어가 강철로 굳어지고 산업화되었다는 서글픈 현실을 고발하기 위한 상징적 장치로 쓰이고 있다.
* 삼각형 모자: 아메리칸 드림, 즉 목가적 꿈을 주장하며 미국을 세운 조상들이 썼던 유럽풍의 모자.

나무 두드려보기 2

* 나무 두드려보기(knock on wood): 관용적 표현으로, '행운을 빌다'의 뜻임. 여기서는 나무로 변한 송어하천을 다시 되살리려는 기구(祈求)의 의미가 들어 있다. 송어하천이 집의 현관으로 올라가는 나무계단이 되었다는 것은 곧, 예전의 목가적 꿈이 이제는 안정과 신분상승의 수단으로 변질했다는 것을 상징한다.

빨간 입술

* 빨간 입술(red lip): 속어로 '항문'의 뜻. 이 소설에서 브라우티

건은 기본적인 인간 욕구인 먹는 것과 배설하는 것을 같은 비중의 중요한 은유로 사용하고 있다. 그러나 배설을 잘못 처리하면 곧 생태계 파괴로 이어지기 때문에 브라우티건은 무책임한 배설을 경고하고 있다.

*하이쿠: 일본 고유의 단시(短詩)의 형태로 5·7·5의 17음 형식으로 되어 있다. 미국은 서부 개척시대의 전통으로 사유지 침범이 엄격하게 금지되어 있다. 서부시대에 사유지를 침범하면 주인이 총을 쏘았고, 그 경우 정당방위가 인정되었다. 그러나 어떻게 보면 그건 훨씬 더 비인간적인 행위가 될 수도 있다.

일본문화에 정통한 저자가 하이쿠의 이미지를 가져다 사용한 것도, 우선은 하이쿠가 'No Trespassing'처럼 간결하면서도 촌철살인의 의미를 담고 있기 때문인 것으로 풀이된다. 그런데 하이쿠의 4/17이면 더욱 간결한 형태가 된다. 동시에 하이쿠는 유연한 동양적 시이기 때문에 'No Trespassing'이라는 경직된 서구적 문구를 해체하는 긍정적인 의미도 갖는다. 브라우티건에게 하천이나 송어나 설탕이나 마요네즈 같은 유연한 것은 곧 생명을, 그리고 금속이나 강철이나 동상이나 집처럼 경직된 것은 곧 죽음을 상징하기 때문이다.

쿨 에이드 중독자

*쿨 에이드(Kool-Aid): 설탕과 함께 물에 타서 각종 과일 맛을 내

는 드링크를 만드는 주스 분말. 이 에피소드에 등장하는 치질에 걸린 독일계 소년은 저자 브라우티건의 어린 시절 모습일 수도 있다.

* 버트런드 러셀(1872~1970): 영국의 철학자로서 명료하고 위트 넘치는 저술가로 유명함.

호두 케첩을 만드는 또 다른 방법

* 마리아 칼라스(Maria Callas): 그리스의 유명한 성악가. 그리스의 선박왕 오나시스의 애인으로도 유명하다.

그라이더 하천을 위한 서곡

* 존 딜린저(John Dillinger): 두 번이나 탈옥에 성공한 미국의 전설적인 은행강도. FBI가 그의 애인 '붉은 옷을 입은 여인'을 협박하여 그의 소재를 알아낸 다음, 1934년 극장에서 나오는 딜린저를 기관총으로 난사해 죽였다. 이 소설에서는 FBI가 반체제 인물들이나 진보주의자들을 감시하거나 억압하는 부정적 이미지의 정부기관으로 제시되고 있다. 딜린저는 부조리한 현실과 체제의 억압에 폭력으로 맞선 인물이기도 하다.

* 쥐는 양떼와 더불어 저항하지 않고 현실과 체제와 폭력에 순응하는 대중의 상징이다.

* 다나 더빈: 미국의 인기 영화배우.

미국의 송어낚시를 위한 발레

* 코브라 릴리(Cobra Lily): 곤충을 유혹해서 먹이로 삼는 식물로서, 여기서는 빈자들과 이민자들을 유혹해서 파멸시키는 독성 아메리칸 드림에 대한 풍자를 위해 사용되고 있다. 특히 이 장에서 1960년 대통령 선거와 닉슨 선거 캠페인이 언급되고 있는 이유는, 진보적인 아메리칸 드림의 상징인 케네디가 암살당하고, 보수주의 공화당의 닉슨이 대통령이 되면서 미국사회가 맞닥뜨린 여러 문제를 비판하기 위해서이다.

비탈길에서의 송어낚시

* 존 탈보트: 이 묘비명은 허만 멜빌의 소설《모비 딕》에도 나오는 구절이다. 다만《모비 딕》에서는 존 탈보트라는 소년이 황량한 섬 근처에서 배에서 실족해 죽는 것으로 나온다. 이 구절은 브라우티건이 이 소설을 쓸 때《모비 딕》을 염두에 두었다는 것을 의미한다. 19세기 미국인들이 추적하던 거대한 흰 고래는 20세기 후반에는 송어로 바뀌었다. 거기게 왜소해진 현대의 아메리칸 드림에 대한 브라우티건의 풍자와 조롱이 숨어 있는 것처럼 보인다. 참고로 영화 〈포레스트 검프〉에서는 그것이 고래잡이에서 새우잡이로의 변화를 통해 제시된다.

바다, 바다를 항해하는 사람

* 빌리 더 키드: 서부의 전설적인 총잡이로 어린 나이에 살해당
  했다.
* 마디그라(Mardi Gras): 사육제의 마지막 날로서 '참회의 화요
  일'이라고도 한다.

헤이만 하천에 송어가 올라온 마지막 해

* 찰스 헤이만: 찰스 헤이만은 송어가 상징하는 풍요나 목가적
  꿈을 상실한 채 일생을 보낸 부정적 이미지의 인물처럼 보인
  다. 그는 혼자 고립된 채, 재생과 희망의 상징인 여자나 아이들
  을 싫어했으며, 송어 또한 전원적 꿈의 상징이라기보다는 식량
  에 불과했다. 이 소설의 화자는 아내와 딸을 데리고 송어하천
  을 찾아 헤매는 여행을 하고 있는데, 아내와 딸은 미래에 대한
  저자의 희망의 상징이자 목가적 꿈의 은유이다. 그런데 심성이
  메마르고 독선적인 헤이만에게는 그러한 유연한 꿈이 없다.

포트 와인에 취해 죽은 송어

* 롱펠로: 애틋한 사랑을 다룬 장시 〈에반젤린〉을 쓴 19세기 미
  국 시인.
* 헨리 밀러: 성 문제를 과감히 다룬 《북회귀선》으로 외설작가의
  반열에 오른 20세기 미국 소설가.

* 익명 금주단체(Alcoholics Anonymous): 금주운동에 동참하는 알코올 중독자들의 모임으로, 회원들은 익명으로 참여한다.

메시지
* 아돌프 히틀러를 닮은 목동과 양떼: 여기서의 목동은 히틀러나 스탈린 같은 전체주의적 체제의 독재자를 상징하고, 양떼는 거기 순응하고 따르는 무력하고 어리석은 민중을 의미한다. 브라우티건은 현대인들이 지배문화의 억압에 마비되어 있거나 마취되어 있어서 체제 순응적이라고 비판한다.

미국의 송어낚시 테러리스트
* 6학년과 1학년: 1학년은 아직 때묻지 않은 순진하고 순수한 아이들이다. 반면 6학년들은 이제 기본 교육을 마치고 중학교에 가거나 사회에 나갈 사람들을 상징한다. 6학년들은 학교를 떠나기 전, 1학년 후배들에게 자신들의 잃어버린 목가적 꿈을 물려주고 가려 한다. 그들이 1학년 후배들의 등에 쓰는 '미국의 송어낚시'는 바로 그와 같은 상징적 제스처이다. 그러나 학교와 교장으로 대표되는 기성 제도권은 젊은이들의 그런 진보적인 꿈을 용납하지 않는다. 물론 어른들이 잃어버린 목가적 꿈은 아이들에 의해 희미하게나마 이어진다. 비록 오래지 않아 그 흔적마저 사라져버리겠지만.

미국의 송어낚시와 FBI

* FBI: 학교를 졸업하고 사회로 나가는 순간, 목가적 꿈을 회복하려는 진보주의자들은 곧 정부 수사기관의 추적과 감시를 받게 된다. FBI 요원들이 송어하천을 감시하는 이유도 바로 거기에 있다. 송어낚시를 계속하는 사람들은 불온한 사상을 가지고 있다고 생각하기 때문이다.

워스워크 온천

* 죽은 송어와 녹색 이끼 찌꺼기: 온천에서는 송어가 살 수 없다. 주인공은 죽은 송어와 녹색 이끼 찌꺼기가 떠다니는 온천에서 아내와 섹스를 한다. 그러나 현대라는 불모의 지역에서 주인공은 더는 아이를 갖지 않으려 한다. 환경 생태계가 파괴되고 녹색의 목가적 꿈이 사라진 시대에 과연 그 누가 어린아이들의 미래를 책임질 수 있겠는가 그래서 주인공은 마지막 순간에 자신의 몸을 아내로부터 빼낸다. 생명은 탄생하지 않는다. 그의 정액은 죽어버린 송어들과 녹색식물의 찌꺼기와 하나가 되어 생명체가 살 수 없는 온천에서 부유(浮遊)할 뿐이다. 죽은 송어들과 죽은 녹색식물들 사이에서 사랑을 나누는 주인공의 모습은 처절하지만, 역설적으로 그런 행위는 새로운 생명을 기구하는 강렬한 제스처일 수도 있다.

미국의 송어낚시 쇼티를 넬슨 앨그린에게 보내기

* 넬슨 앨그린(Nelson Algren, 1909~1981): 디트로이트에서 출생
  했으나 시카고의 빈민가에서 성장한 자연주의 계열의 사회저
  항 소설가. 대표작으로《황금팔을 가진 사나이 *The Man with
  the Golden Arm*》(1949)가 있으며, 그의 주인공으로 '레일로드
  쇼티'가 등장하기도 한다.

* 여기 언급된 소설들은 사실주의적이고 자연주의적 묘사로 유
  명한 넬슨 앨그린의 작품들이며, 〈술집 바닥에 비친 얼굴〉은
  그의 단편 제목임.

* 아메리칸 드림에 의해 세뇌된 사람들에 대한 풍자. 거대하고
  당당한 벤자민 프랭클린 동상 옆에 불구가 된 채 휠체어를 타
  고 서 있는 왜소한 '미국의 송어낚시 쇼티'의 모습을 대비시킴
  으로써 아메리칸 드림의 허상을 신랄하게 풍자하고 있다.

20세기의 시장(市長)

* 19세기 말 영국 런던을 공포로 몰아넣은 희대의 살인마, 잭 더
  리퍼(Jack the Ripper)를 가리킴. 창녀만을 골라 칼로 난자해 죽
  였으며, 끝내 그 정체가 밝혀지지 않고 미해결 사건으로 남아
  있다. 사회악을 증오한 정부의 고위 공직자가 은밀히 명령을
  내려 창녀들을 제거했다는 설도 있어, 〈칙령에 의한 살인〉이
  라는 영화로 만들어지기도 했다. 브라우티건은 민중을 난도질

하는 이와 같은 살인마가 20세기에는 버젓이 시장이 되어 시민들을 장악하고 억압하고 있다고 고발하고 있다. 이 소설에서 잭 더 리퍼는 20세기의 히틀러나 스탈린과 닮은 인물로 제시되고 있다.

칼리가리 박사의 캐비닛

*칼리가리 박사의 캐비닛: 독일의 유명한 표현주의 영화의 대표작. 칼리가리 박사는 정신병원 원장이지만, 최면에 걸린 하수인을 내보내 사람들을 살해하는 광기에 찬 권력추구 자로서 히틀러나 스탈린과 닮았다. 이 장에 나오는 레블 스미스는 역시 어떤 의미에서는 칼리가리 박사와 비슷한 인물이다.

솔트 하천의 코요테들

*사이나이와 코요테: 코요테를 죽이기 위해 하천가에 뿌려놓은 사이나이는 자연 생태계를 심각하게 파괴하고 있다. 양떼를 보호한다는 명분으로 목동들과 경찰은 하천가에 극약 사이나이를 뿌려놓지만, 사이나이는 선량한 다른 동물들을 무수히 죽이고 있다.

*카릴 체스만: 1948년 수감된 후, 형무소에서 10여 년 동안 법률을 공부하며 사형제도에 반대한 인물.

꼽추 송어

* 꼽추 송어: 환경 생태계 파괴로 기형이 된 송어를 상징한다.
* 에스메랄다: 빅토르 위고의 《노틀담의 꼽추》에 등장하는 집시 처녀로, 꼽추 콰지모도가 사랑에 빠진 여인이다.

테디 루스벨트 칭가더

* 칭가더(chingader): 영어의 'shit!'와 비슷한 뜻을 지진 스페인 어의 욕. 미국 대통령이었던 테디 루스벨트와 그를 기념하는 공원에 대한 실망감을 드러내고 있다.
* 솔트레이크: 모르몬교의 본부가 있는 유타 주의 수도.
* 모르몬교도들과 공산주의자들: 주인공은 여행중에 소외된 소수계층을 많이 만나는데, 여기서는 소수 그룹인 모르몬교도와 공산주의자들이 갖고 있는 폐쇄적 태도를 엿볼 수 있다. 그리고 그들에 대한 다수의 편견도 고발하고 있다.

스탠리 유역의 푸딩 전문가

* 맥 세넷(Mack Sennett): 1960년에 죽은 캐나다 태생 미국의 영화감독이자 제작자로서, 생태계를 다룬 영화로 유명하다.

현재 미국을 휩쓸고 있는 캠핑 열기에 대한 짧은 언급

* 캠핑 열기: 대자연은 캠핑 열기로 인해 마치 상업적 모텔처럼

오염되었다. 사람이 죽어나가야 겨우 텐트를 칠 공간이 생기며, 캠프장은 구급요원들이 시체를 버리고 다니는 곳으로 전락해버렸다.

다시 이 책의 표지로 돌아가기

* 프리츠 랑(Fritz Lang): 독일의 유명한 표현주의 영화감독. 대표작으로 대도시의 전체주의적 체제의 문제를 다룬 〈메트로폴리스〉(1962)가 있다. 히틀러가 영화 산업을 함께 해보자고 제안했으나, 거절하고 미국으로 망명했다.

영원의 거리에서의 송어낚시

* 베니토 우아레스: 멕시코 혁명을 이끈 지도자.

타월

* 찰스 린드버그(Charles Lindbergh, 1902~1974): 1927년 최초로 비행기로 대서양을 횡단한 미국의 비행사. 나중에 유명해지자 아이가 유괴되었고, 끝내 찾지 못했다.

모래상자에서 존 딜린저를 빼면 무엇이 남는가

* 모래상자: 주인공의 아이가 노는 모래상자는 아직 그 유연함으로 인해 목가적 꿈의 한 가능성의 상징처럼 보인다. 그러므로

모래상자에서 존 딜린저를 빼면 폭력적인 방법이 제거된 새로운 가능성이 남는 것이다. 딜린저는 폭력적인 방법으로 체제에 저항했고, 공권력 역시 폭력을 사용해 딜린저를 모래상자에 쓰러지게 했기 때문이다.

* 릴리 히치콕 코이트: 미국의 개척자이며, 자선가. 1933년에 그가 자금을 대고 세운 '코이트 타워'가 샌프란시스코에 있다.

내가 마지막으로 본 미국의 송어낚시

* 루이스와 클라크: 미국이 나폴레옹으로부터 루이지애나를 구입하기 전, 토머스 제퍼슨 대통령의 명으로 루이지애나 주를 측량했으며 서부 탐사에 나선 인물들.

캘리포니아의 관목 숲에서

* 《도둑 일기》: 프랑스의 소설가이자 극작가, 시인인 장 주네의 작품. 다채 분방한 언어와 문체로 악과 성 등의 가치 전환을 표현했으며 전위작가 중에서도 특이한 세계를 확립했다. 《이 집을 불태워라》: 미국 소설가 윌리엄 스타이런의 작품. 처녀작 《어둠 속에 눕다》(1951)는 '의식의 흐름' 기법을 구사, 현대에서의 남부의 한 가족의 붕괴를 아름답고 중후하게 묘사하여 주목을 끌었다. 흑인 노예의 반란을 소재로 한 역사소설 《냇 터너의 고백》(1967)으로 1968년 퓰리처상을 받았다. 《벌거벗은 점

심》: 미국의 비트 세대 소설가 윌리엄 버로우즈의 작품.
* 굿윌(Goodwill): 쓰던 물건을 기증받아 싼값에 판 다음, 그 돈으
로 빈민구제사업을 하는 단체.

미국의 송어낚시 쇼티에 대한 마지막 언급
* 아이와 모래상자와 미국의 송어낚시 쇼티: 아이가 폭력적이고
금속적인 미국의 송어낚시 쇼티보다 모래상자를 더 좋아하는
순간, 벤자민 프랭클린 동상이 녹색으로 변했다는 것은 브라
우티건이 목가적 꿈의 회복을 체제에 대한 폭력적 저항이 아
닌 유연한 변화에서 찾는다는 것을 보여준다.

미국의 송어낚시 평화를 위한 증인
* 팬핸들: 이 단어에는 '구걸'의 뜻도 있음.

'빨간 입술'에 대한 각주 장(章)
* 마그마 카르타(Magna Carta): 1215년 영국의 존 왕이 승인한 미
국의 자유칙허장으로서 영국 헌법의 기초가 되었다.

클리블랜드 폐선장
* 상품이 된 송어하천: 송어하천은 이제 피트 단위로 잘라서 파
는 자본주의 시대의 상품이 되었다. 대자연이나 목가적 꿈까지

도 상업화되어 매매되고 있는 이 시대를 저자는 통렬하게 개탄한다. 환경 생태문제도 이제는 경제논리에 좌우되는 시대가 된 것이다. 그러나 브라우티건은 절망적인 현실에서도 새로운 상상력으로 목가적 꿈과 파괴된 생태계의 회복을 시도한다.

* 처비 체커: 1960년대 초반 전 세계를 뜨겁게 달구었던 트위스트 열풍의 주역. 그의 곡 〈더 트위스트〉는 1960년에 빌보드 차트 1위에 오른 후 1년 반이 지난 1962년 초 또다시 차트 정상을 차지했다.

미국의 송어낚시 펜촉

* 황금펜촉: 브라우티건은 목가적 꿈의 회복이 작가(혹은 우리 모두)의 상상력과 펜(글쓰기)을 통해 가능하다고 암시하고 있다. 화가의 붓과 작가의 펜은 사라진 하천을 다시 그려낼 수 있고, 죽은 은빛 송어를 다시 살려낼 수 있기 때문이다. 그러므로 가난한 작가의 친구가 이 황금펜촉 만년필을 이 세상을 구할 구세주의 탄생을 상징하는 크리스마스 트리를 판 돈으로 샀다는 것은 대단히 상징적이다.

마요네즈 장(章)

* 마요네즈: 마요네즈는 마치 우리의 고추장처럼 미국인들이 가장 즐겨 사용하는 밑반찬으로 입맛을 돋우는 데 쓰이는 식품이

다. 그러므로 마요네즈는 가장 평범하면서도 가장 필요한, 그래서 인간의 기본 욕구를 만족시켜주는 기본 식료품이다. 또 마요네즈는 마치 아이가 갖고 노는 모래처럼 부드럽고 유연해서 정해진 틀이 없어 무한한 가능성과 변화의 상징이 되기도 한다. 그런 맥락에서 마요네즈는 마치 우리가 날마다 필요로 하고, 삶의 기본적 조건이 되는 목가적 꿈과도 같다. 목가적 꿈이나 자연 생태계의 보호는 마치 마요네즈처럼 일상생활에 없어서는 안 될 기본이 되기 때문이다.

브라우티건은 이 책의 마지막에 마요네즈(mayonnaise)라는 말을 쓰면서, 'mayonaise'라고 표기했다. 곧 의도적으로 스펠링을 틀리게 쓴 것이다. 그것은 어쩌면, 절실하고 모든 것의 기본이 되는 목가적 꿈과 환경생태계의 회복을 제대로 다루고 있지 못하는 현대인들에 대한 브라우티건의 신랄한 비판인지도 모른다. 혹은 저자가, 그러한 의도적 실수를 통해 경직되지 않은 유연함과 변화에 대한 포용력의 가능성을 강조하고 싶었을 수도 있다. 또 인간 욕구를 표현하는 언어의 불완전함을 시사하고 싶었는지도 모른다.

생태주의 소설의 원조《미국의 송어낚시》

김성곤

1960년대 미국의 지성들을 경탄케 했던 리처드 브라우티건의 《미국의 송어낚시》(1967)는 외견상으로 보면 전혀 정치적이 아닌 목가적 소설처럼 보인다. 그러나 이 소설은 미국의 문화, 역사, 정치에 대한 한 권의 강력한 고발장이다. 그것은 이 소설의 표지만 봐도 명백히 드러난다. 이 소설의 표지에는 샌프란시스코 워싱턴 광장에 있는 벤자민 프랭클린의 동상을 배경으로 브라우티건과 한 여자가 시니컬한 미소를 지으며 포즈를 취하고 있다. 저자가 표지에 나타난 이유는 첫 페이지를 펼쳐보면 드러난다.

이 책의 표지는 자신의 유명한 저서인 《프랭클린 자서전》에서 성실, 근면, 검소하면 누구나 잘살 수 있다고 주장한 벤자민 프랭클린에 대한 통렬한 비판의 뜻을 담고 있다. 왜냐하면 약 200여 년 전 아메리칸 드림의 가능성을 자신 있게 주장했던 프랭클린의 동상이 지금은 성실, 근면, 검소해도 결코 잘살 수 없는 가난한 사람들이 자신의 발치에 앉아 교회의 무료 급식을 기다리고 있는 광경을 바라보고 있기 때문이다. 이들 역시 피츠제럴드의 《위대한 개츠비》처럼 프랭클린의 신화, 곧 공식적인 아메리칸 드림에 의해 배반당한 사람들이다.

브라우티건은 이 작품을 통해 우리를 공식적인 풍요의 신화에서 배제되고 소외된 지역, 그리고 성공의 꿈으로부터 밀려난 가난한 사람들의 삶의 터전으로 안내한다. 그곳은 눈부신 경제성장의 그늘에 가려진 음지의 아이들이 점심을 거르며, 빈속에 마신 묽은 쿨 에이드 주스에 취해 살아가고 있는 곳이다. 브라우티건은 한 걸음 더 나아가, 기계문명에 의해 훼손된 현대의 녹지대, 그리고 물질주의에 의해 상실된 현대인의 황폐한 인간성의 현장으로 우리를 안내한다. 그곳에서 소설의 화자는 자신이 어렸을 때 송어낚시를 하던 하천이 이제는 메마르고 노화되었으며, 온갖 공해에 의해 오염되어 있음을 발견한다. 예컨대 파라다이스라고 불리는 하천에는 민간 자연보호단체의 기념물이 세워져 오히려 하천을 오염시키고 있으며, 솔트 호수는 코요테들을 잡기 위해 뿌린 청산가리로 인해 독수(毒水)가 되어 있었다. 그리고 하천은 공장 폐수와 중금속과 쓰레기들로 가득 차 있었으며, 송어는 이제 하천에 살고 있지 않았다. 기계문명과 산업사회와 공장들은 대자연의 젖줄을 폐수로 만들어버렸고, 유년시절의 송어들을 모두 죽여버렸다. 바로 이 시점에서 브라우티건의 문학적 상상력은 생태학적, 환경학적 그리고 미래학적 비전과 조우하게 된다.

과연 한때는 순수했던 '미국의 송어낚시'는 이제 '다리가 없고 소리만 지르는 중년의 술주정뱅이'이자 '타락한 신화'인 '미국의 송어낚시 쇼티'가 되어 등장한다. 녹색의 공간을 빼앗기고 목가적 꿈을 상실한 현대인들은 기계화된 로봇이 되거나, 아니면 무력하고 타락한 중년의 술주정뱅이가 될 수밖에 없다. 이 소설의 주인공이 한편으로는 끝없이 탐색하면서도, 또 한편으로는 좌절과 공포로 바라보고 있는 곳도 사실은 바로 그와 같은 지역, 곧 사라진 녹색의 서부이다. 그리고 그것을 깨닫는 순간, 우리는 이 소설이 1960년대란 독특한 시대적 배경 속에서 생성되었음에도, 사실은 미국문학의 커다란 흐름 속에 떠 있음을 알게 된다. 쿠퍼의 광야, 포우의 남극, 호손의 숲, 멜빌의 바다, 트웨인의 강, 즉 19세기의 이 거대한 대자연은 20세기의 브라우티건에 다다르면 단지 조그마한 하천이 되고 만다. 브라우티건의 신랄한 패러디는 《미국의 송어낚시》의 속표지 속에 있는 고래 그림을 통해 그 극에 달한다. 멜빌의 거대한 백경은 이제 조그만 송어로 축소된 것이다.

그럼에도 미국 작가들의 탐색은 계속된다. 예컨대 월든 호수에서 낚시질하는 소로우, 폐허의 호수에서 재생을 기구하며 송어낚시를 드리우는 헤밍웨이의 닉 애덤스, 자살하기 전 찰스 강 속의 거대한 송어를 바라보는 포크너의 퀘틴 캄슨, 밤마다 제방 건너 녹색의 불빛을 바라보다 죽어간 피츠제럴드의 개츠비. 이들은 모두 궁극적으로 '미국의 송어낚시'를 추구했던 미국문학의 주인공들이다. 그러나 브라우티건이 보는 현대의 미국은 이미 오래전에 그러한 탐색을 포기한, 그래서 하천도 사라지고 송어도 죽어버린 불모의 지역이다. 과연 이 소설의 주인공은 하천의 물결이 이제는 계단으로 변해버린 것을 발견한다. "내가 할 수 있는 일이라곤 없었다."라고 그는 말한다.

그럼에도 그는 끊임없이 송어와 하천을 찾는 탐색을 계속한다. 중요한 것은 바로 그것, 곧 우리의 인식과 탐색의 변화이다. 예컨대 그는 송어가 죽어 떠 있는 어느 오염된 하천에 사정을 한다. 물론 그의 정액은 죽은 물고기 옆에서 응고되어 녹색의 찌꺼기와 뒤섞일 뿐, 죽어버린 송어들을 다시 되살릴 수는 없다. 그리고 그런 의미에서 그것은 닐 슈미츠(Neil Schmitz)의 지적처럼 완벽한 신성모독의 행위가 된다. 그러나 그와 동시에 그것은 또한 재생을 향한 처절한 기구(祈求)의 상징적 의식이 된다.

브라우티건의 '송어낚시'가 리오 마르크스가 말하는 소위 '복합적인 목가주의(Complex Pastoralism)'의 이중적인 성격을 띠는 것은 바로 이 시점에서부터이다. 예컨대 이 소설의 아이러니는 송어하천을 피트당 얼마씩 받고 팔고 있는 〈클리블랜드 폐선장〉에서 극에 달한다. 현대의 물질주의와 과거의 목가주의와의 관계를 잘 보여주는 이곳에서, 주인공은 상품으로 포장되어 진열되어 있는 하천들을 바라본다. 그러나 여기서 중요한 점은, 그가 좌절과 공포보다는 인식과 기구로써 그것들을 바라보고 있다는 점이다. 바꾸어 말하면, 그는 '미국의 송어낚시'가 거기에서 그 종말을 고한 것이 아니라, 사실은 바로 그와 같은 것의 발견에서부터 새롭게 시작된다는 것을 잘 알고 있다는 것이다. 그러므로 우리의 목가적 비전을 활성화시켜주는 것은 오히려 소로우의 숲 속의 정적을 깨는 요란한 기차, 허크의 뗏목을 두 동강 내는 거대한 증기선, 아이작 메카슬린의 대자연을 침식해 들어가는 제재소, 그리고 결국엔 개츠비의 녹색의 꿈을 살해하고 마는 자동차와 권총이라고 할 수 있다. 그렇다면 브라우티건은 단순히 기계문명을 부정하는 것이 아니라, 오히려 그것을 목가주의를 추구하는 새로운 원동력으로 삼고 있는 셈이다. 그것이 바로 기계와 정원이 상호 유지하고 있는 고도로 복합적이고 미묘한 역동적 관계이다.

브라우티건이 이 소설에서 '낚시'의 은유를 사용하고 있는 것도 사실은 바로 그런 이유에서라고 볼 수 있다. 제물낚시인 송어낚시는 우선 미끼로 무엇을 쓰느냐에 따라 성패가 결정된다. 그리고 낚시의 역학은 물고기와의 여유 있는 '줄다리기', 곧 낚싯줄을 풀어주고 잡아당기기에 근거하고 있다. 또한 낚시의 미학은 때로 '기다림'으로만 끝나버리기도 한다. 바로 그런 이유로 브라우티건은 이 책의 마지막에 황금촉으로 된 펜을 집어든다. 바로 그 순간, 작가의 황금펜촉은 곧 미국의 송어낚시가 된다. 이윽고 펜에서 흘러나오는 잉크는 다시 하천이 되고, 그 하천 속에 다시 송어들이 퍼덕인다. 슬프고도 추한 현대의 미국을 배경으로, 작가는 그 황금펜촉을 사용해 다시 한 번 우리의 잃어버린 꿈을 그려내는 데 성공한다.

그리고 그와 같은 전원적인 것에 대한 탐색은 다시 한 번 우리를 벤자민 프랭클린의 동상 앞으로 데려간다. 그것은 이제는 배반당한 신화이자 현실 앞에 조롱당하고 있는 역사이다. 그러나 그것이야말로 사실은 우리가 그 본래의 의미를 회복시키고 다시 한 번 그 이상을 추구해야만 되는 목가적 꿈이기도 하다. 그렇다면 우리가 조롱하고 비판해야 하는 것은 사실 프랭클린의 꿈이 아니라 스스로 그 꿈을 파괴하고 대신 악몽을 만들어온 바로 우리 자신들의 어리석음이 되어야 할 것이다. 그것이 바로 미국의 송어낚시의 화신인 저자가 프랭클린의 동상 앞에서 미소 짓고 서 있는 진정한 이유일 것이다.

|

미국의 꿈, 미국의 절망

1960년대 미국소설의 특색을 파편적(破片的, fragmentary)이라고 표현한 소설가 커트 보네거트(Kurt Vonnegut, Jr)는 샌프란시스코에서 역시 파편적인 형태의 소설을 쓰고 있는 재능 있는 젊은 작가 한 사람을 우연히 발견하고, 그를 자신의 출판사에 추천하여 스스로 후견인이 되었다. 그 무명작가는 《미국의 송어낚시》라는 참신한 문제작을 발표하여 삽시간에 세계 문단의 총아가 되었으며, 1960년대 대학생들은 《미국의 송어낚시》를 경전처럼 옆구리에 끼고 다니게 되었으니 그가 바로 탁월한 재능과 예리한 감성의 작가 리처드 브라우티건이다.

'그의 글은 극도로 잘 조절되어 있고 정확하며 훌륭하게 조율된 긴장의 연속이다'라고 〈시카고 트리뷴〉지가 지적하고 있듯이, 브라우티건의 소설들은 깨끗하게 절제된 언어와 리드미컬한 문장, 참신한 이미지 그리고 대부분 200페이지가 못 되는 분량으로 구성되어 있다. 그러나 그 얇은 분량에도 그의 소설이나 시들이 남겨놓은 강렬한 인상의 여파는 마치 끊임없이 양파껍질을 벗겨나가듯 강렬한 자극을 안겨준다. 또 언젠가는 도달할 수 있을지도 모를 '본질'을 향해 끝없이 계속되는 것처럼 읽힌다. "본질에 다다르느냐 못 다다르느냐는 크게 중요하지 않다. 그보다 더욱 중요한 것은 본질을 탐색해나가는 '과정' 자체이다." 또한 "우리가 추구하는 '대상'은 잃어버릴 수도 있다. 그러나 그 대상을 추구하는 '꿈'만큼은 결코 잃어버릴 수 없다."고 브라우티건은 말한다. 그는 과연 꿈속에서 살다가 꿈속에서 사라진 꿈의 작가였으며, 좌절되고 왜곡되어버린 현대의 '미국의 꿈'을 회복시키기 위해 부단히 노력하는 목가의 시인이었다.

1971년 영국 케임브리지 대학의 저명한 미국문학자 토니 태너 교수는 '브라우티건은 헤밍웨이만큼이나 죽음의 강박관념에 사로잡힌 작가이다.'라고 지적했다. 과연 브라우티건 소설들의 전편을 무겁게 드리우고 있는 것은 언제나 '죽음'이었다. '꿈'과 '죽음' 사이에는 무슨 함수 관계가 있는 것일까? 일부의 지적처럼, 잃어버린 목가에 대한 향수와 꿈의 작가 브라우티건의 시대는 1960년대를 그 끝으로 이제는 영영 사라져버린 것일까? 토니 태너의 지적은 13년 뒤 정확하게 들어맞았다. 1984년 11월 어느 날, 49세의 젊은 나이로 브라우티건은 헤밍웨이처럼 총을 쏘아 스스로 목숨을 끊었다. 그는 죽었지만 그의 묘비명에는 사망일자가 기록되지 않았다. 왜냐하면 이미 죽은 지 여러 날이 지나 잔뜩 부패해 있는 시신을 친구들이 나중에야 발견했기 때문이다. 그러므로 결국 어떤 의미에서 그는 영원히 살아 있는 셈이다. 〈타임〉의 묘사대로 '유머와 로맨스와 자연을 사랑했던' 이 1960년대의 대표시인은 아마 이 세상 어딘가에서 아직도 그 특유의 너털웃음을 웃으며, 미국이라는 강에서 오늘도 말없이 '송어낚시'를 드리우고 있는지도 모른다.

잃어버린 목가를 찾아서

김성곤 선생님의 대표작 《미국의 송어낚시》는 1967년 발표되자마자 매진되는 대인기를 누린 것으로 알고 있습니다. 그 주된 이유를 무엇이라고 보십니까? 물론 작품이 훌륭해서였겠지만, 그 점은 잠시 접어놓기로 하고요.

브라우티건 우스운 얘기지만 제가 처음 그 책 원고를 가지고 출판사에 갔을 때, 출판인들 모두가 그 소설의 시장성을 의심하고 출판을 꺼렸습니다. 그래서 내용을 많이 줄이는 등 법석을 떤 끝에 겨우 햇빛을 보게 되었지요.

아마 그 책이 인기가 있었다면, 우선은 재미가 있었기 때문이고, 다음으로는 거기에 사용한 언어와 문체가 좀 신선하고 독특했기 때문이라고 봅니다. 물론 그 책에서 다루고 있는 문제들, 즉 잃어버린 목가주의와 인간성에 대한 향수, 그리고 그것들의 끝없는 탐색, 현대문명에 대한 반성과 비판 등이 1960년대 말의 독자들에게 특히 공감을 불러일으키지 않았나 생각됩니다.

김성곤 그 점에 대해 좀더 구체적으로 말씀해주시지요. 예컨대, 미국문학에서 1960년대가 의미하는 것은 무엇이며, 1960년대와 선생님의 소설들과는 어떤 유기적 관계가 있는지, 또 《미국의 송어낚시》는 그러한 맥락에서 어떤 중요성을 갖는지 등에 대해서 말입니다.

브라우티건 2차 대전 이후 미국인들은 '사회'를 거대한 음모, 즉 개인의 존엄성을 무시하고 개인의 의식을 하나의 틀에 맞추려는 보이지 않는 음모로 생각하게 되었습니다. 1960년대는 바로 그러한 음모와 체제에 반발하며 그 정체를 밝히려 노력한 시기였습니다. 당시 허버트 마르쿠제가 미국에서 크게 환영받은 이유도 그가 개

인을 조건 짓고 억압하는 자본주의 사회의 음모를 밝혀
내는 저술들을 많이 썼기 때문이었지요. 사람들은 관료
체제하에서 사라져가는 인간성과 순진성 그리고 잃어버
린 정신적 초원과 목가를 다시 회복하기를 원했고, 동시
에 그것을 잃어버린 상실감에 괴로워했습니다.

특히 《미국의 송어낚시》가 그렇지만, 제 소설들이 외
견상 유머러스하면서도 한편으로는 상실감에 가득 차
있는 것도 바로 그 맥락에서 이해될 수 있다고 봅니다.
상실감은 곧 폐허와 죽음과 연결되고, 폐허와 죽음은 현
대 미국, 나아가서 현대 서구문명의 정신적 풍경과 연결
됩니다. 이러한 상황하에서는 모든 것이 그 의미를 상실
하게 되고 계보적 연결과 연속성에 단절이 생기게 되지
요. 따라서 모든 것은 총체성과 연대감을 상실한 채 파
편적이 되어버리고 또 파편적인 것만이 의미를 갖게 됩
니다. 제 소설들이 일련의 에피소드들로 형성되고 있는
것도 바로 그런 이유에서입니다. 또한 제 소설들의 분위
기가 다소간 초현실적이고 모든 것이 자유분방하게 떠
있는(floating) 상태인 것도 우선은 그러한 단절과 파편
성과 연대감의 상실 때문이기도 하고, 또한 개인을 획일
화·패턴화시키려는 외부사회의 음모에서 벗어나려는
형이상학적 기구이기 때문이기도 합니다.

이러한 것들은 그동안 우리가 신봉해왔던 '미국의 꿈'의 종말을 의미합니다. 영화가 리얼리티를 쫓아내고 그 자리에 앉았듯이 오늘날 미국의 꿈도 진정한 꿈이 아닌 조작된 꿈에게 그 자리를 찬탈당했습니다. 금력, 권력, 폭력, 범죄, 기계 그리고 쓰레기더미 속에서 미국의 꿈과 미국의 목가는 사라져가고 있습니다. 미국은 이제 녹슨 폐차들로 가득 찬 주차장, 죽은 물고기들로 가득 찬 호수, 그리고 시체들로 가득 찬 공동묘지가 되어버려 '추악한 미국'으로 전락하고 만 것이지요.

제 소설들의 핵심적인 주제가 상실, 비탄, 목가, 향수, 탐색으로 이어지고 있는 이유도 바로 거기에 있습니다. 제 소설의 주인공들은 잃어버린 '미국'을 찾아 방황합니다. 그래서 《미국의 송어낚시》는 사랑도, 장소도, 책도, 꿈도 그리고 작가의 펜촉도 될 수 있는 무형의 것입니다. 풍요를 상실한 현대의 불모지에서 부재하는 인간의 정신, 꿈, 미국을 탐색하는 작업은 언어의 유희나 알레고리나 패러디나 농담으로 이루어집니다. 현대의 악몽적인 상황하에서는 언어와 아이디어와 내용 사이에 단절이 존재할 수밖에 없습니다. 따라서, 표현하고자 하는 대상이 언어로 표현되지 못하는 현상이 생기는 거지요. 그래서 제 소설에서 중요한 것은 상상력(imagination)과

인지력(認知力, perception)입니다. 언어로 설명할 수 없는 세계에서는 이 두 가지가 어둠 속에서 눈을 뜹니다. 그리고 상상력과 인지력을 바탕으로 생성되는 이미지와 메타포의 시적 테크닉은 그렇게 해서 쓰인 작품을 다분히 서정적으로 만들어줍니다.

새로운 상상력의 탐색

김성곤 낭만주의 작가들의 한 중요한 이슈가 '상상력'인 것으로 알고 있습니다만, 현대 미국 문화에서 '상상력'은 어떠한 역할을 하고 있을까요? 1960년대 이후, 특히 미국 작가들 사이에 '상상력의 고갈'이 꽤 심각한 논란의 대상이 되어온 것으로 알고 있기에 드리는 질문입니다.

브라우티건 '상상력의 고갈과 새로운 상상력의 발견'은 1960년대 이후 새롭게 등장한 소위 포스트모더니즘 작가들이 직면한 심각한 딜레마입니다. 새로운 상상력의 발견을 위한 작가들의 시도는—저를 포함해서—우선, 기존 소설의 형식을 풍자하는 새로운 소설의 형태로 나타났습니다. 예컨대 저는 문법이나 구문은 남아 있어서 의미 전달에 무리는 없지만, 문장만큼은 독자들이 깜짝 놀랄 만큼 독창적이고 참신한 문장을 사용하려고 부단히 노력해왔습니다.《미국의 송어낚시》는 독자들이 그때 그때 재미와 감동을 가지고 읽되, 읽은 다음 즉시 던져 버리고 잊어버릴 수 있는 문장, 즉 자체취소(self-cancelling)적인 문장으로 쓰인 책이라고 생각합니다.

현실에서 발견되는 부패, 폭력, 허무와 죽음을 극복하고 문명의 몰락에 대한 위기의식을 극복하는 데에도 역시 예술의 새로운 상상력, 또는 작가의 새로운 상상력이 필요합니다. '송어낚시'가 어떤 의미에서 새로운 상상력의 탐색을 의미한다면—물론 그것 한가지로만 정의되는 것은 아니지만—그 작품에 나오는 폐선장은 상상력의 고갈을 상징한다고 할 수 있겠습니다. 제 소설인《워터멜론 슈가에서》의 주인공이 살고 있는 iDEATH라는 곳도 죽음을 초월해 죽음 너머에 있는 상상력의 비밀 요소 같은 것이 아닌가 생각합니다.

김성곤 선생님의 소설들은 모두가 쉽고 재미있게 읽히면서도 동시에 그 본질을 파악하기 어려울 정도로 복합적인 상징 속에 의미들을 감추고 있는 것 같은 느낌을 줍니다. 그 이유가 무엇일까요?

브라우티건 비평가들이 지적하는 대로 제 작품의 주인공들은 인간이라기보다는 차라리 하나의 '태도' 또는 '하나의 관점'이라고 볼 수 있습니다. 제 소설 속에서 정의 내릴 수 없는 무정형의 것은 주인공들뿐만은 아닙니다. 예컨대 《미국의 송어낚시》에서 송어낚시가 과연 무엇인지, 《워터멜론 슈가에서》에서 워터멜론 슈가가 무엇인지는 저 자신도 알 수 없습니다. 그것이 무엇이라고 정의를 내리는 순간 그것들은 그 매력과 가치를, 그리고 그것이 함축하고 있을지도 모르는 더 큰 의미를 상실하게 되니까요. 시에서 특히 그렇지만, 소설에서도 과도한 설명은 피해야 한다고 생각합니다. 그래서 저는 언제나 제 작품 속에 지혜보다는 '위트'를, 본질의 구명보다는 '과정'을 더 중요시합니다. 《미국의 송어낚시》도 끝없이 계속되는 과정일 뿐 본질은 끝내 손에 잡히지 않습니다. 따라서 제 소설에서는 도덕성이나 교훈적인 요소가 철저히 배제되어 있습니다. 도덕성이나 교훈이 결코 문학과 예술의 명제는 아니니까요.

김성곤 영국의 미국문학자 토니 테너는 《미국의 송어낚시》를 가리켜 《모비 딕》의 '축소판 후기(miniature postscript)'와도 같다고 했습니다. 물론 '송어'와는 달리 '모비 딕'에서는 목가적인 면이나 향수, 풍요 같은 이미지를 찾아보기 어려운 것은 사실입니다. 그러나 《모비 딕》 제7장을 보면 이스마엘이 뉴 베드포트 교회에서 '파타고니아 너머 폐허 섬 근처에서 / 18세에 갑판에서 실종된 / 존 탈보트를 기리며 / 1836년 11월 1일 / 그의 누이가' 라고 적힌 서판(書板)을 읽게 되는데,《미국의 송어낚시》에도 '18세에 술집 싸움에서 / 엉덩이에 총알을 맞고 죽은 / 존 탈보트를 기리며 / 1931년 11월 1일 / 정신병원에 있는 그의 누이가' 라는 비문이 나옵니다.《모비 딕》과《미국의 송어낚시》와의 연관성에 대해 말씀해 주시기 바랍니다.

　　브라우티건　제 작품을 감히《모비 딕》과 비길 수는 없습니다. 두 작품은 여러 가지 면에서 서로 다른 점이 있지만, 몇 가지 흥미 있는 공통점을 찾아보면 우선 둘 다 미국의 탐색을 다루고 있다는 점입니다. 둘 다 그 정체를 알 수 없는 신비한 리얼리티를 미국의 정신을 통해 추적하고 있으니까요. 그리고 '모비 딕'이 과연 무엇을 상징하는 것인지 지금도 알 수 없듯이, '송어' 역시 그 실체를 알 수 없는 환상적인 존재라고 생각합니다. 또한《모비 딕》과《미국의 송어낚시》는 모두 환상(또는 픽션)과 리얼리티 사이의 역동적 관계를 깊이 의식하고 있는 작품이라는 점에서 그 공통점을 찾을 수 있습니다. 그렇습니다.《모비 딕》과《미국의 송어낚시》는 둘 다 언어와 사물의 단절을 깊이 의식하고 있습니다. 그리고 두 작품 다 상상력에 의해 언어로 표현할 수 있는 진귀하고 풍요한 것을 찾기 위해 탐색 작업을 계속합니다. 그 과정에서 필연적으로 언어의 유희가 생성되고, '환상'을 소중히 여기게 되지요. 악몽 같은 현실 속에서 믿을 수 있는 것은 오직 예술가의 펜뿐입니다. 작가의 펜에서는 잃어버린 온갖 것들이 되살아나기 때문이지요. 푸른 초원도 아름다운 꽃도, 무성한 숲도 말입니다. 비록 얻고자 추구하는 대상은 잃어버렸지만 꿈만은 잃어버리지 않고 있는 것이 《모비 딕》 같은 작품에 나타난 '미국의 신화'라면, 그것을 가능하게 해주는 것이 바로 작가의 펜이기 때문입니다.

사회의식이 없는 예술이란

김성곤 《미국의 송어낚시》는 여러 가지 면에서 리오 마르크스의 미국문화 비평서인 《정원 속의 기계》를 연상시켜줍니다. 닐 슈미츠 교수도 《현대소설 연구》에 발표한 평론의 제목을 〈리처드 브라우티건과 현대의 목가〉라고 명명했습니다. '송어'가 상징하는 목가적 의미에 대해 말씀해주시겠습니까?

브라우티건 송어는 미국에서 어쩌면 가장 흔한, 혹은 미국인들과 가장 친밀한 관계가 있는 미국의 대표적인 물고기입니다. 그래서 어느 의미에서는 미국을 상징하는 물고기라고 할 수도 있습니다.

또한 송어는 현대의 미국인들이 잃어버린 미국의 꿈일 수도 있고, 기계문명이 쫓아낸 푸른 초원이라고 할 수도 있습니다. 그래서 송어는 제 소설 속에서 사람으로, 장소로, 때로는 펜으로 변하는 등 일정한 모양이 없는 프로테우스 같은 존재입니다. 그것은 모든 것이 될 수도 있고, 동시에 아무것도 아닌 무(無)일 수도 있습니다. 사실 그것은 정의할 수 없는 그 무엇, 예를 들면 우리 유년기의 꿈 같은 것이라고나 할까요? 그래서 우리는 끊임없이 그것을 추구하고 탐색해야 합니다.

그러나 주인공의 탐색 여행은 언제나 실망의 연속으로 이어집니다. 어렸을 때 아름다운 폭포처럼 보이는 것이 사실은 나무층계나 대리석이었으며, 하천들은 모두 아스팔트로 굳어버렸다는 것을 깨닫게 됩니다. 때로는 클리블랜드의 쓰레기더미 속, 쥐와 벌레가 들끓는 폐선장에서 송어를 팔기도 하지요. 쓰레기, 폭력, 기계, 범죄 등으로 뒤덮인 미국 사회, 나아가서는 환경 생태계가 파괴된 현대 산업사회에서 상실한 옛 전원을 회복하려고 노력하는 주인공이 겪는 일련의 좌절감을 묘사한 것이 바로 《미국의 송어낚시》입니다.

김성곤 《미국의 송어낚시》에서는 폐선장은 토머스 핀

천의 《제49호 품목의 경매》에 나오는 폐차장을 연상시
켜줍니다. 거기에서 핀천은 세상을 폐차장, 인간들을 폐
차에 비유하고 있는데, 이는 대단히 적절한 비유라고 생
각됩니다. 이런 절망적인 상황 속에서 주인공들이 문득
느끼는 '전원(pastoral)' 이라는 것은 사실 우리 유년기의
꿈, 혹은 유년기의 착각에 불과한 것이 아닌가 하는 회
의인 것 같습니다. 그래서 절망, 좌절감, 그리고 그 극치
인 죽음의 문제까지도 대두되고요. 1969년에 발표하신
《워터멜론 슈가에서》를 보면 주인공이 iDEATH라는 이
상한 곳에서 살고 있습니다만, '죽음' 의 문제도 선생님
의 작품 속에서는 대단히 중요한 위치를 차지하고 있다
고 봅니다.

브라우티건 '죽음', '폐허', '상실' 은 제가 가장 관심이
많이 가는 분야입니다. 비록 유머, 패러독스, 그리고 풍
자가 제 소설들을 장식하고 있긴 하지만, 그 근저에는
언제나 상실과 죽음에 대한 페이소스가 짙게 깔려 있다
는 것을 독자들은 금방 알 수 있을 겁니다. 《미국의 송어
낚시》만 해도, 작품 전반을 통해 '죽음' 의 이미지가 무
겁게 흐르고 있습니다. 예를 들면, 무덤이라든지, 공동
묘지, 조사(弔辭), 잔해, 죽은 물고기, 시체 등이 끊임없
이 등장하고 있지요. 죽음, 폭력, 상실은 어쩌면 미국의

숙명적 유산인지도 모릅니다.

그러나 재생과 낙원회복을 위한 기구(祈求)는 부단히 계속되어야 한다고 봅니다. 그것은 전 인류의 과업이자, 동시에 작가들의 엄숙한 사명이기도 합니다. 작가들의 금빛 펜촉에서 샘물처럼 흘러나오는 지혜나, 비처럼 쏟아져나오는 상상력, 그리고 송어의 은빛 비늘처럼 투명하게 빛나는 언어들이야말로 '잃어버린 전원'을 현대인에게 되찾아줄 수 있는 원동력이라고 생각합니다. 그렇기 때문에 작가의 펜은 아름다운 꽃을 피워내고, 싱싱하게 퍼덕이는 송어를 토해놓는 마법사 멀린의 지팡이와도 같은 것입니다.

날카로운 풍자와 해학정신

김성곤 《미국의 송어낚시》 속에서, 주인공이 자신의 정액을 죽은 물고기들로 덮여 있는 호수에 뿌리는 장면이 나오는데, 그것은 풍요와 재생의 기구(祈求)를 위한 상징적인 제스처라 생각됩니다.

그런데 선생님의 작품 전반에 흐르고 있는 날카로운 풍자, 해학, 시사성 있는 유머, 참신한 시대감각 같은 것을 생각할 때, 혹시 간혹 TV에서 소재를 얻는 것이 아닌가 하는 생각도 듭니다. 평소 TV를 많이 보시는 편인가요? 그리고 코미디 드라마인 〈바니밀러〉나 〈위대한 아메리카의 영웅〉 또는 〈스티브 마틴 쇼〉 같은 것들을 자주 보시는지요?

브라우티건　저는 TV를 자주 보는 편은 아닙니다. 더욱이 제가 살고 있는 몬태나 주에서는 밤 12시면 TV 방영이 끝나버리거든요. 그런데 얼마 전, 세기의 결혼, 즉 찰스 황태자와 다이애나의 결혼식 때만큼은 철야 현장중계를 했습니다. 카우보이들, 농부들 할 것 없이 그날은 모두 맥주를 마시며 결혼식 중계를 보고 있었지요. 저는 그날 밤, 잠을 자고 있다가 화장실에 가기 위해 일어나서 무심코 TV를 켰어요. 그런데 마침 화면에는 대주교가, '이제 너희 둘은 부부가 되었음을 선언하노라' 하고 말하고 있었습니다. 순간 참으로 이상한 느낌이 전해져 오더군요. 몬태나의 시골에서 자다가 소변을 보러 가는 한 사내와, 같은 시각에 영국에서 행해지고 있는 황태자의 결혼식. '이제 너희 둘은 부부가 되었음을……' 하는 주례자의 선언을 몽롱한 의식 속에서 들으며, 이 모든 것들이 동시에 일어나고 있으며 동시에 바라볼 수 있다는 것이 해학적으로 느껴지더군요.

〈위대한 아메리카의 영웅〉이라는 프로그램은 제가 대단히 좋아하는 TV 드라마 중 하나입니다. 오늘날의 영웅이란 더는 존재하지 않습니다. 초인의 시대는 이미 지나가버리고 말았습니다. 그래서 이 드라마의 주인공은 슈퍼맨과는 달리, 잘 날지도 못하고 언제나 곤두박질만 하지 않습니까? 그 드라마 속에 들어 있는 날카로운 해학과 풍자를 저는 좋아합니다.

스티브 마틴을 저는 별로 좋아하지 않습니다. 그의 코미디는 때로는 전혀 우습지가 않아요. 저는 코미디보다는 차라리 〈60분〉, 〈굿모닝 아메리카〉 같은 프로그램을 더 자주 보는 편입니다. 그리고 TV보다는 영화를 더 좋아하며, 영화보다는 여행을 더 좋아합니다. 여행은 곧 자신이 주연하는 한 편의 영화니까요.

김성곤 자신의 작품들이 계속 많은 변화를 겪고 있다고 생각하시는지, 아니면 처녀작부터 지금까지 하나의 일관성 있는 주제를 다루고 있는지 알고 싶습니다. 잘 아시다시피 시대가 급격히 변하고 있지 않습니까? 정치라든지, 문화, 사회상 같은 것들이 말입니다. 그렇다면 작가가 그런 것들에 무관심하고 자신의 예술세계에만 전념해도 되는 것인지, 아니면 시대의 변화에 민감한 반응을 보여야 하는 것인지 이야기해주시기 바랍니다.

브라우티건 제 작품들이 변화를 겪고 있는 것은 사실입니다. 제 처녀작은 제가 스물다섯 살 때 출판되었습니다. 때문에 아무래도 미숙한 점이 있게 마련이지요. 사실 스물다섯 살과 서른다섯 살 사이에는 커다란 차이가 있습니다. 작가와 작품은 연륜이 쌓일수록 성숙해지고 발전해나간다고 봅니다. 그런 면에서 우선 한 작가의 작품 세계에는 변화가 있어야 한다고 하겠지요.

다음으로, 저는 작가란 그 누구보다도 먼저 주위에서 일어나고 있는 사건들과 정치, 경제, 사회, 문화 등 제반 문제에 깊은 관심을 가져야 한다고 봅니다. 저는 무슨 어마어마한 정치적·문화적 대변인은 결코 아닙니다만, 사회상과 문화에 대한 민감한 반응을 제 작품을 통해 보여주려고 노력하고 있습니다. 사회의식이 없는 예술이란, 돈 있고 배부른 귀족들의 사치일 뿐, 결코 인간정신의 고양이나 잃어버린 전원의 회복에는 도움이 될 수 없다고 봅니다.

동양사상과 일본문화의 영향

김성곤 작가는 누구나 자신에게 결정적인 영향을 끼친 선배작가나 작품이 있다고 보는데요, 선생님은 어떻습니까?

브라우티건 저는 여러 작가, 여러 작품에서 영향을 받았기 때문에 그걸 다 열거하자면 책 한 권쯤 될는지도 모릅니다. 그중에서도 러시아 작가들, 특히 고골과 투르게네프의 영향을 많이 받았습니다. 이상하게도 도스토옙스키나 체호프의 작품보다는 전자의 작품들에 더 끌렸습니다. 그리고 막심 고리키도 아주 좋아했습니다. 스페인 문학권에서는 파블로 네루다와 로르카의 영향을 많이 받았지요. 미국 작가로는 앰브로스 비어스, 스티븐 크레인, 셔우드 앤더슨을 좋아했고, 프랑스 작가로는 생텍쥐페리, 앙드레 지드, 랭보, 아폴리네르가 있습니다. 일본 작가로는 오에 겐자부로를 꼽을 수 있겠습니다.

김성곤 선생님께서는 일본과 미국을 자주 오가며, 또 일본에 장기 체류도 하면서《도쿄―몬태나 특급 *Tokyo-Montana Express*》이라는 수상록도 출판하셨는데요, 미국 작가가 보는 일본 문화와 문학은 어떤가요?

브라우티건 저는 동양 문화·사상·문학 전반에 걸쳐 지대한 관심을 가지고 있습니다. 그중에서도 일본은 서구인이 쉽게 드나들고 동양문화를 배우기에 가장 손쉬운 나라이기 때문에 자연히 자주 가게 되었습니다. 일본인들은 외국 작가들에게 자기네의 문학을 소개하기 위해서, 그리고 동시에 최근 서구 문학에 대한 정보를 얻기 위해서 일 년에도 수많은 세미나와 회의를 통해 서구 작가들을 초빙하고 있습니다.

저는 일본의 전통적 '사소설'을 대단히 좋아합니다. 그 정교한 메커니즘이며 놀란 만한 세부 묘사, 동양 특유의 섬세한 선, 향처럼 그윽이 피어오르는 깊은 영혼의 신비, 질긴 집념, 심오한 내면의 고뇌 등은 서구인들이 모방할 수 없는 동양문학의 아름다움인 것 같습니다. 저는 미시마 유키오를 이해하는 데는 다소 어려움을 겪고 있습니다만, 대신 가와바타 야스나리는 퍽 좋아합니다. 컬럼비아대의 에드워드 사이덴스티커 교수의 명번역으로 소개된 그의 《설국(雪國)》이나 《잠자는 미녀의 집》 등을 읽으며 그 수려한 문체, 아름다운 신비의 세계에 감탄할 수밖에 없었습니다. 다만 가와바타의 작품에는 오에 겐자부로가 가지고 있는 현대인의 고뇌 같은 것이 결여되어 있다는 점이 흠이라고 하겠습니다. 그러나 그건 세대 차이에서 오는 어쩔 수 없는 현상인지도 모르겠습니다.

김성곤 도쿄에 체류하면서 쓴 시 중, 〈엘리베이터〉라는 시가 생각나는군요. 정확하게 기억할 수는 없지만 대개 이런 것이었던 것 같습니다. '우리는 엘리베이터를 타고 아래로 내려가고 있었다 / 신사복 하나가 내 허름한 청바지와 운동화를 훑어보며 찡그렸다 / 그러나 그는 모르고 있는 것일까 / 우리는 결국 모두 지하로 내려가고 있다는 것을.' 동양인의 옷차림에 대한 태도를 이용해 함축성 있는 시를 지으신 것 같습니다.

브라우티건 일본에 갈 때마다 저는 긴자의 거리를 쏘다니기를 좋아합니다. 낯선 도시, 낯선 사람들 사이를 비집고 걸어다니는 것을 즐기는 거지요. 한번은 호텔 룸에서 나와 지하실에 있는 자동판매기에서 커피를 사려고 엘리베이터를 탔는데, 마침 정장한 한 일본인이 타고 있더군요. 둘 다 지하실로 내려가면서 제가 느꼈던 것을 나중에 시로 써본 것입니다.

김성곤 선생님께서는 거의 매년 소설을 한 권씩 써낼 정도로 다작이고, 분량은 모두 얇은 편인데, 작품집필에 대해 이야기해주시기 바랍니다.

브라우티건 미국의 비평가들은 다작하는 작가들을 의심하는 경향이 있습니다. 그들은 한 작가가 적어도 4~5년 만에 소설 한 권을 써내는 것을 정상으로 생각하고 있어요. 저는 그러한 시대는 이미 지나갔다고 봅니다. 오늘날 독자들은 더 이상 800여 페이지짜리 책을 읽으려고 하지 않습니다. 그래서 제 소설들은 거의 100~200페이지 남짓하며 읽기 쉽게 쓰여 있습니다. 대신 저는 일 년에 한 권씩 소설을 써냅니다.

일본에서는 순수소설과 대중소설의 구별이 엄연한 것

같습니다. 그 점은 한국도 마찬가지겠지요. 그래서 일단 순수작가라고 여겨지면, 그 후부터는 그 작가가 아무리 다작이어도 그건 그 작가의 위치와는 아무 상관이 없지요. 그러나 미국에서는 다작을 하는 작가는 무조건 혹시 대중작가가 아닌가 하고 의심하는 경향이 있습니다. 하지만 35권이나 되는 소설을 써낸 조이스 캐럴 오츠나 역시 매년 소설을 써내는 예지 코신스키가 통속작가라고 할 수는 없지 않습니까?

미국의 보수성

김성곤 선생님의 소설들이 공산권에도 번역되고 소개가 되었는지요?

브라우티건 폴란드, 헝가리, 루마니아에 번역되어 소개가 되었습니다. 공산권이 아닌 나라로는 프랑스, 독일, 이탈리아, 스페인, 일본에서 번역이 되었지요. 특히 일본에서는 제 책이 11권이나 번역되었습니다. 제 작품이 가장 환영받는 나라는 그중 프랑스와 일본인 것 같습니다.

김성곤 공산권에도 소개가 된 선생님의 작품들이 아이러니하게도 미국에서는 한때 금서가 되었던 것으로 알고 있습니다. 거기에 대해서는 어떻게 생각하시는지요?

브라우티건 미국의 기본 주류는 놀랍게도 언제나 보수주의였습니다. 마크 트웨인의 《허클베리 핀》을 금한 것도, 조이스의 《율리시스》를 금한 것도, 그리고 헨리 밀러의 책들을 금한 것도 바로 그들이었습니다. 얼마 전에 뉴욕의 롱아일랜드에서 맬러머드의 《수선공》, 보네거트의 《제5도살장》 등을 공립 도서관에서 금하는 조치를 취했다고 들었습니다. 또 미시시피에서는 고교 도서관에서 보네거트의 책들 중 몇 페이지를 뜯어냈다고 합니다. 미국에서는 언제나 금서들을 고교 도서관에서 맨 먼저 제거합니다. 그러나 호기심 많은 고교생들은 그 책들을 기어이 구해 읽기 때문에, 결국은 그 책들의 판매부수만 올려주는 어리석은 처사가 되고 말지요.

제 책들도 한때, 서부에서 금서로 지정되어 고교 도서관에서 추방당하는 시련을 겪었으나 재판에서 결국 출판사가 승소했습니다. 학교 교사들이 자신들이 재직하고 있는 학교를 상대로 '가르칠 권리'를 달라고 고소를 하고, 학생들은 교육위원회에 '읽을 자유'를 달라고 진정서를 내는 등, 모두 제 편이 되어주었기 때문입니다. 아이러니한 것은, 제 《미국의 송어낚시》가 몇 년 후에는 아메리카 언어학회에 의해 '특히 젊은 청소년들에게 유익한 책'으로 선정되었다는 점입니다. 또 하나 재미있는 것은, 우주인들이 달에서 가져온 운석을 제 《미국의 송어낚시》에 나오는 이름을 따서 '쇼티(shorty)'라고 명명했다는 점입니다.

사실 미국의 청소년들이 얼마나 폭력이나 섹스에 과잉 노출되어 있습니까? TV에도 폭력과 섹스가 가득 차 있지만, 우선 서점에 가면 얼마든지 섹스 잡지나 필름을 살 수 있는 것이 미국의 현실입니다. 그런 환경을 방치하면서도 청소년 보호라는 미명 아래 문학작품들이나 금지하는 태도는 참으로 불합리하고 우매한 짓이라고 생각합니다. 그런 의미에서는 일본이나 한국의 청소년 지도방법이 더 합리적이지 않나 생각합니다.

저는 일본문학을 아주 좋아합니다만, 앞으로는 한국문학도 공부해볼까 합니다. 한국문학도 좋은 미국인 번역가, 그리고 그를 뒷받침해주는 기금 등이 활발해져서 영어로 많이 번역된다면 반갑겠습니다. 또한 제 책 중 《미국의 송어낚시》는 번역하기도 쉽고 두껍지 않으니까, 언젠가는 한국에도 번역 소개가 된다면 기쁘겠습니다. (유감스럽게도 브라우티건은 끝내 《미국의 송어낚시》의 한국어 번역판을 보지 못하고 타계했다.)

* 리처드 브라우티건의 문학세계 이해를 돕기 위해 《문예중앙》 1984년 겨울호에 실린 것을 재수록했다.